教科書に
書かれなかった戦争
PART67

ラケットはつくれない、もうつくれない——戦時下、下町職人の記憶

作・青海美砂
画・五十嵐志朗

梨の木舎

ラケットはつくれない、もうつくれない

――戦時下、下町職人の記憶

目次

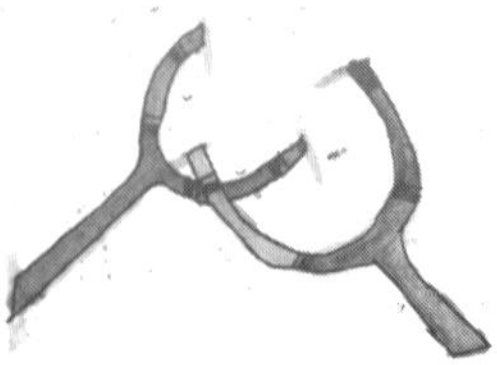

1　町工場街の子どもたち

《1936年（昭和11年）小学校入学》

和彦《かずひこ》が小学校に入学してから間もないころの午後だった。学校から帰ると、母さんから3銭をもらった。それをポケットに入れ、上から手で押さえて、駄菓子屋《だがしや》へと走った。同じ学級の村田高雄、高ちゃんが待っているはずだ。

小学校に入学する前のおこづかいは1日1銭だったが、今年、入学すると、3銭にはね上がった。うれしさがいっぱいで、駄菓子屋へ行くとき、つい走ってしまう。

駄菓子《だが》屋のわきに立っていた高ちゃんが笑い、手をあげた。

店先では1年生や2年生の子たちが駄菓子を食べたり、ベーゴマや石けりをして遊んでいる。

ここは子どもたちのたまり場、天下だ。

あんこ玉、ねじりんぼう、のしいかなどの菓子類や、めんこ、ビー玉、ベーゴマ、それにぬりえやおはじきなどのおもちゃ類がせまい店の中にぎっしりと並んでいた。

店には白いかっぽうぎを着たおばさんがいる。

奥の3畳間は障子の仕切りがはずされ、鉄板焼《てっぱんや》きの台がおかれていた。その中にれんたんを入れ、いつでも、もんじゃ焼きができるようになっている。

注文すると、おばさんは手のついたアルミカップを持ってくる。中に小麦粉を水でうすくといたものが入っている。しょうゆで味つけしてあるので、そのまま鉄板に流せばよい。

和彦たちは学校に上がる前、年上の子たちがもんじゃ焼きを食べているのがとてもうらやましかった。

しょうゆをたらしただけのものが3銭、揚げ玉、桜えび、ネギが入った、それぞれのコースは5銭もした。

まだ1銭しかもらえない和彦たちは、もんじゃ焼きなぞ、とうてい食べられるものではなかった。

3、4人の子たちが鉄板を囲んで食べているのをうらやましそうに見ていることがある。食べている子たちの中に、はっちゃんがいると、よく声をかけてくれる。

「ほら、食べなさいよ」

佐々木さんちの3年生になる娘だが、本当の名前は知らない。みんなが「はっちゃん」と呼んでいる。

「えっ、いいの?」

「えんりょしなくてもいいわよ」

「ほんと? はっちゃん、ありがとう」

はっちゃんはやさしい。和彦と高ちゃんは急いで鉄板焼きの台の角にすわる。「ハガシ」(小さなヘラ)をもらい、遠慮《えんりょ》しがちに焼けているところのはじっこにヘラをさし、手前にすべらせた。もんじゃがヘラにくっついてくる。下はちょっとこげ目がついて、上はとろっとしている。

ふう、ふうと口をとがらして息を吹きかけ、口に運ぶ。熱いので舌の上でころがし、そっと広げ、かむ。しょうゆ味のなんともいえないうまみがじゅわっと広がった。のみ込んでも、うまみが残っている。

「おいしい」

「そうお? えんりょしないで、取りなさいよ」

「ほら、くえ、くえ」

男の子たちも言ってくれた。

それならと、また、一かき口に運ぶ。熱さでそう簡単にはのみ込めない。揚げ玉が一つ入っていて、むにゅっとつぶれた。また違う味が出てきた。

やっと、のみこみ、3度目をと、鉄板を見ると、もう、何も残っていない。

えびを食べたかったのに……。

大きい子たちは女の子も男の子も、食べるのがとても早い。

だから、ごちそうになるといっても、いつも、味見ていどしか、食べられなかった。

「学校に上がったら、もんじゃ焼きをおなかいっぱい食べよう」

2人はよく、そんな話をしては生つばをのみ込んだものだった。


今は小学生。どうどうと、もんじゃ焼きのへやへ上がれる。だけど、3銭ではいつも何も入ってないものしか食べられない。

「揚げ玉や桜えびの入ったのを食べたい」

和彦が言うと、高ちゃんも、

「いいにおいがしたね」

2人はうなずきあった。

どうしたら、高いもんじゃ焼きが食べられるか、相談した。

「2人合わせて、6銭。そうすると、5銭のを1つしか食べられないね」

高ちゃんはほっぺたをふくらませた。

「うーん、うまいやり方がないかなあ」

和彦も考え込んだ。

「じゃあ、前の日に、もんじゃを食べないで、1銭残したらどうかな。そうすると2人で2銭残る」

「そうか。2人合わせて8銭になるな」

高ちゃんはパッと目を見開いた。

和彦は力を込めて言った。

「5銭のと3銭のが食べられるっ」

「ばんざーい！」

2人は両手を高くあげ、タッチした。


和彦と高ちゃんは鉄板の前に座った。

2人は目を合わせ、ニッと笑い、それぞれポケットからお金を取り出した。1銭玉が4枚、2人合わせて8枚。

「もんじゃ焼き2つちょうだい。桜えびのを1つと、何も入ってないのを1つね」

「はい、わかったよ」

おばさんが奥へ引っ込んだ。2人はまた、顔を見合わせ、肩をすくめた。

しばらくすると、おばさんはアルミカップを2つ持ってきた。

「はい、おまたせしたわね」

2人は4銭ずつおばさんの手にのせた。

それから、2つのカップの中身をいっしょに鉄板に流し、かき混ぜて広げた。とろっとしたものがプクプクとあちこちから、あわ立ち始めた。すると、桜えびがあわのリズムに合わせ、踊りだした。

「あっ、えびがおどってる」

和彦がえびの動きに合わせ、手おどりを始めた。

「ほんとだ。おもしろい」

高ちゃんも和彦に会わせ、うたい、おどり始めた。

「くっく、くっく、くっく」

「あっ、こげてる」

和彦があわてて、ハガシで鉄板をこすった。えびのあるところをねらってはがし取る。口の中に入った桜えびをかむと、シャキシャキとした歯ざわりがして、ふわっとえびの香りが広がった。

「やっぱり、おいしいね。学校で算数習ってよかったね」

和彦は目を細めた。

高ちゃんがほうばったまま、コクリとうなずいた。

「これからも、このやり方でいこうね」

「うん、そうしよう」

2人とも桜えびめがけて、はがしとった。

ここは荒川区尾久町《あらかわくおぐまち》。キューピーなどのセルロイド、板金《ばんきん》、木工《もっこう》、建具《たてぐ》や、べっ甲細工《こうざいく》、金銀細工など、飾り職の作業場が並んでいる町工場の町だ。

歩けば機械油のにおいが鼻の中に飛び込んできて、工場からはモーターのうなる音やカンカンカン、トントントン、さまざまな作業の音が聞こえてくる。

変電所の高い鉄塔が1本、突き出たように建ち、巾、1間半（約2・7メートル）の道路の両側にふたのないドブが流れている。

ドブに沿って、板囲いの平屋、長屋がひしめきあうように建っている。工場で働く職人《しょくにん》たちの住まいだ。

そんな街には生活するのに必要な店はだいたいそろっていた。

米屋、八百屋、魚屋、そば屋など食べ物を売っている店。銭湯、美容院、居酒屋、写真屋、そして、駄菓子屋もあった。

駄菓子屋から帰ってきた2人は1軒の工場の前で足を止めた。

ガラス戸の横には縦長の木の看板がかかっていて、「森池ラケット製作所」と、筆で太ぶとと書かれている。

テニスラケットの工場、和彦の家だ。

父さんの名前は森池茂樹《もりいけしげき》。母さんの名前は森池ハル。父さんは社長だが、20人の腕利きの職工たちといっしょに、ラケット職人として、働いていた。

母さんのハルは家族の世話と、形作られたラケットのワクに紙やすりを掛けたり、工場の中の掃除をしたりしていた。

和彦たち家族は工場と壁1枚で仕切られた住まいで暮らしている。それで、母さんは工場と住まいを行ったり来たりしていた。

高ちゃんのお父さん、村田群造さんは建具職人で、同じ木を扱う仕事ということもあって、父さんとは話が合うらしい。たまに工場に顔をのぞかせ、飲み仲間にもなっていた。

高ちゃんのお母さん「タツさん」とも親しくしていて、母親同士、行き来している。

それぞれの両親たちは「群さん」「茂さん」「タツさん」「ハルさん」とよび合っていたから、和彦は自然と「群おじさん」「タツおばさん」というようになった。


高ちゃんがちょっと手をあげた。

「じゃあ、また、あしたね」

「うん、また、あした」

和彦はいきおいよくガラス戸を開け、頭をつっこんだ。

「ただいまー」

「おかえり」

「おかえんなさい」

「かずちゃん、おかえりーっ」

両親や職工たちの返事が飛んでくる。

和彦は頭をひっこめ、ガラス戸を閉めると、家に沿ってぐるっとまわった。工場の後ろにある住まいの玄関から家の中に入った。

台所で水をコップ1杯のみ干す。今日、習ったばかりの歌を口ずさみ、工場に入った。

♪てっぽうかついだ　へいたいさん
あしなみそろえて　あるいてるー
とっとこ　とっとこ　あるいてるー
へいたいさんは　きれいだなー
へいたいさんは　だいすきさー

「和ちゃんは歌がうまいねえ」

職工の関田さんが言えば、

「うん、母さんに似たんだよ」

と、和彦がすました顔で言った。

母さんはよく子どもの歌をうたって、教えてくれる。

「子どもは正直だな」

父さんは口の右はしをちょっと上げ、ふふんと、笑った。

母さんは紙やすりをかけていたが、ほほえむと、立ち上がり、

「そろそろ、お夕飯のしたくをしなくちゃ」

急ぎ足で、部屋へ入って行った。


和彦たち男の子数人が道路でビー玉をやっていた。ときどき、遠くを見る子がいる。

「来たっ」

和彦が角を見て言うと、みな、いっせいに同じ方向に顔を向けた。その先には屋台をひっぱってくるおじさんがこちらに近づいてくるのが見える。男の子たちは自分のビー玉をひろい、ズボンのポケットにねじこんだ。

屋台はお好み焼き屋で、いつも決まった時間と場所に、おじさんが引いてやってくる。子どもたちは屋台を取りかこんだ。

「おいしいの、焼いてね」

「はいよ。すぐ焼くからね」

おじさんは道路のはじに屋台をおろすと、さっそく、準備にとりかかった。

小麦粉を水で溶かし、塩と砂糖を入れてかき混ぜる。

それを鉄板に、少しずつ、ところどころに流した。

そして、15センチくらいのぬらした白糸の端が流したところに重なるよう、置いていく。

それから、なにやら、ちょこちょこと、ヘラを動かしていた。

1つ終わると、また、べつのものを同じようにちょこちょことヘラを動かした。

子どもたちはおじさんの手元を真剣に見つめている。

こうばしい香りがしてきて、おじさんは焼けてきたものをひょいと、ひっくり返した。返された面はきつね色に焼けている。その形は亀や、うさぎ、かえるだのと、みな、動物の形をしていた。

子どもたちはゴクリとつばをのみこんだ。少したち、

「ほい、焼けたよ」

おじさんがヘラですくい上げると、糸もついてきた。

その糸を持つと屋台の屋根の先についている釘にぶら下げた。

次々に焼き上がった動物たちのお好み焼きが湯気を立て、ゆらりゆらりとゆれた。

「おじさん、亀ちょうだい」

和彦は1銭玉を1つ、おじさんに渡した。

「はい、ありがと」

「ぼく、かえるがいいや」

高ちゃんも1銭玉を1つ、おじさんにわたし、注文したものをもらった。2人はぶらぶらゆれている亀やかえるにかぶりついた。他の子たちも、クマやタヌキを食べた。

動物のお好み焼きはしっとりとしていて、うす甘く、食べた後もほのかにその甘みが残っていた。

2　ラケット工場

和彦は、あそびにあきたときや雨の日などは父さんや母さんが買ってくれた本を読む。絵本や昔話がおもしろくて、笑ったり、悲しくなって涙ぐむときもある。こわい話を読んだときは便所へ１人で行けなくて、母さんについてもらったりする。

大好きなのは何回もくり返し読むので、字数の少ない絵本はすらすらと暗記した。ラケット工場をのぞくこともあった。

父さんはいつも下を向いてわき目もふらず、仕事をしている。ふだんから口数が少ないのが、よけい無口になる。和彦がそばによっても顔を上げることはない。

和彦はだまったまま、父さんの手元を見ていた。刃物をあつかっている仕事だから、気をそらしたら、大きな事故になるのを知っているからだ。

父さんの手にかかった木片はなめらかな動きの中で、美しいものに変わっていった。それはとても薄い板だったり、木の表面に木目模様が浮き出た、すべすべのものだったりした。

和彦はそのようすを見ているうち、ラケットづくりがおもしろそうに思えてきた。

ある日、父さんが和彦に話しかけてきた。

「和彦は父さんの仕事好きか？」

「うん、好き」

「そうか。大きくなったら、父さんといっしょに仕事するか？」

「うん、してみたい」

「よし、さすがおれの息子だ」

父さんは満足そうに、分厚い手を和彦の頭の上におき、優しくゆすった。


朝から雨が降り続いていた。本を3冊も読んだあと、工場へ入っていった。

父さんは角材が積まれたところにいた。和彦の姿を見つけると、

「教えてやるから、こっちへこい」

手まねきをした。

「うん」

父さんが仕事を教えてくれる！

和彦はうれしくて、つい、軽い返事をしてしまった。

「うん、じゃないだろう」

「はいっ」

「この仕事は気をぬくと、大けがをする。しっかり見てろ」

「はいっ」

和彦はしせいを真っすぐにした。学校で毎日やっている〈気をつけ〉のしせいだ。

父さんは角材を手に持った。

和彦はこの角材はラケットのワクの材料だというのはわかっていた。

「この木はタモといって、ワクにするものだ。ラケット作りの中で一番肝心なのがワクだ。巾3センチ、長さ1・6メートルに切った角材を8ミリの厚さに切る」

父さんは角材のそれぞれの所を指さした。

父さんが教えてくれたことを1つも聞きのがしてはいけないと、和彦は（一番肝心、巾3センチ、長さ1・6メートル、8ミリの厚さ）と、頭の中でくり返した。

数字の単位は分からなかったが、父さんが指さしたところを見て、そういうものとして、覚えた。

「角材を切り落とすのは簡単じゃないぞ。木目に沿って切らないとだめなんだ。なぜだかわかるか？」

「さあ」

和彦は首をかしげた。

「木目からはずして切ると、折れやすいからだ」

「そうか、わかりました」

和彦はまた、姿勢を正した。

父さんは高速で回る円盤型電動《えんばんがたでんどう》ノコ（ノコギリ）のスイッチを入れた。

ウイーーン
低い音を出して、モーターのベルトが回り、電動ノコもそれにつれ、回り始めた。

和彦は緊張気味で父さんの手元を見入った。

タモの角材は縦の方向にノコの歯が当てられた。

電動ノコが甲高い音を発した。この音は嫌でも緊張感を高めてくれる。

父さんは角材を前にすべらし、一気に切り離した。切り離され、薄くなった角材を取ると、和彦に見せた。

「よく見ろ。木目に沿っているだろ？」

目を角材に近づけて見ると、確かに木目は切れていない。

関田さんが通りかかった。和彦たちのようすを見て、

「木目に沿って切れるのは工場の中で親方だけなんだよ」

と言って、向こうへ行ってしまった。

「父さんて、すごいんだね」

「これぐらいできないで、どうする」

父さんは右端の唇を少し上げて笑い、次々と、角材を切り離していった。

和彦は友だちに父さんを自慢したいという思いでいっぱいになった。

父さんは角材がたまるとまとめ、蒸し器《むき》の所に運んだ。

蒸し器は大きなお釜の上に長方形のセイロがはめられている。

職工の田代さんが蒸し器の中から蒸された角材を取り出していた。

「和ちゃん、今日は見学かい？」

「そう、勉強するの」

「えらいねえ。親方のような腕のいいラケット職人になるんだよ」

「はいっ」

和彦はまた、〈気を付け〉の姿勢にとった。

「角材を蒸したり、蒸した角材を型にはめる仕事をする人を〈曲げ屋〉というんだ」

父さんは、曲げ屋の田代さんに言った。

「和彦に説明してやってくれないか。おれは別の仕事があるから、すまないが頼むよ」

「はい、わかりました」

田代さんはなれた調子で、角材を少しずつそろえ、蒸し器の中に入れた。

それがすむと、蒸されてやわらかくなった角材を4枚重ね、少しずつ曲げながら卵型をした金型にはめ、シャコ（金属製のネジ止め）でしめた。

「重ねる材料は両端がタモ、間にカエデやクルミ、ブナも入れたりするんだよ」

「どうして、いろいろな木をまぜるの？」

「木目の違うものを重ねれば折れにくくなるし、見た目もきれいだろ？」

「ほんとだ」

重ねられた断面は木目や色の違いが浮き出た美しい模様を作り出している。

「こうやって型にはめて乾燥させるんだ」

田代さんは手早く次々と型にはめた。その流れるような指の動きに和彦は目を見張った。

それから、シャコでしめたワクをかかえると、乾燥室へ運んだ。

乾燥室といっても、炭焼き釜のように石を積み重ねてできたもので、大人の身長よりも少し高かった。後ろの方から細い煙突が横に向かって伸び、壁を突きさしている。

「乾燥室の広さは1坪（畳《たたみ》2枚）でね。火を燃やし、燃え尽きた後の炭火（オキ）で、乾燥させるんだよ」

田代さんはブリキ製の扉を開けた。

「そろそろいいようだな」

中をのぞき、オキのようすを見た。

「オキの加減は量が多くて温度が高くなりすぎると、ラケットがこげたり、燃えちゃったりするから、気をつけないとね」

和彦ものぞくと、熱い空気がファッと顔に当たった。中は真ん中にまだ赤みの残っているオキのかたまりがあり、両端に何段かの棚ができていた。

田代さんはワクを棚に寝かせ、次々と積み重ねていった。

「200本は入れられるよ」

「へーっ、いっぱい入るんだね。それで、いつ、取り出すの?」

「明日の朝だね」

「学校へ行く前に見せてほしいなあ」

「大丈夫だよ」

「わーい、明日、早起きしよっと」

和彦はうれしくて、ピョンピョンはねた。

父さんを見ると、電動ノコの前で、こちらを見て、笑っていた。


あくる日の朝、いつもより早く学校のしたくを終えた和彦は父さんといっしょに工場に入った。

職工たちはもう、出勤していて、作業の準備をしている。

「和ちゃん、おはよう。早いね。今日はどうしたの?」

関田さんが声をかけてきた。

「乾燥室の中を見せてもらうの。ぼく、大きくなったらね、ラケット作るんだ。だから、勉強するの」

「えらいねえ。2代目、期待してるよ」

関田さんは手をパンと打った。

「がんばれよ」

他の職工からも声がかかった。

「うん、がんばるよ。あのね……」

「いいから、こいっ」

父さんのかるいゲンコツが頭にコツンと当たった。

「いてっ」

職工たちから笑いが起きた。

「むだ口をたたくんじゃない」

父さんににらまれた。

乾燥室の前では田代さんが待っていた。

「おはようございます。よろしくお願いいたします」

和彦は深く頭をさげた。母さんからきちんとあいさつするように言われたばかりだ。

「おはようございます。ていねいなごあいさつ、おそれ入ります」

田代さんもつられて、深々と頭を下げた。

「開けますよ」

田代さんが扉を開けると、中はすっかり火が消え、温かみもなく、真っ暗だった。

取り出された金具のついたワクは床に並べられ、中の1本からシャコがはずされた。ワクは卵型になっている。

「ほー、ラケットが生まれた」

今まで、なんとなく見ていたのが、まるで大きな鳥の卵が生れたような気がした。

父さんは型からはずされたワクを手に持った。

「これをニカワでくっつけ、また、乾燥させ、カンナでけずって形をととのえるんだ」

「ラケットづくりって、むずかしそう」

ハーッ、和彦はため息をついた。

「このぐらいの話でおどろくな。この後、でき上がるまで、まだ、たくさんのむずかしい作業が待ってるんだぞ」

父さんの話を神妙に聞いている和彦を田代さんは目を細め、見ていた。

「曲げ屋の仕事も長い経験がいる大事な仕事だ。うちの曲げ屋は腕がいいんだよ」

父さんが田代さんをほめた。

「とんでもない」

田代さんはてれて手を横にふった。

「ラケット作りはむずかしい。だから、やりがいがあるんですよね。親方」

父さんはうなずいた。

「やりがいがなきゃあ、おもしろみもないってことだ」

やりがい、おもしろみ。

和彦にとって、この言葉はよく分からなかった。ただ、父さんや職工たちの一生懸命仕事をしている姿が、やりがい、なのかもしれないと、なんとなく思えた。

「かーずーちゃーん、がっこ、いこ」

高ちゃんが呼びにきた。

朝の勉強はこれで終わりだ。

「いってきまーす」

工場のガラス戸を開けた。

「立たされんじゃないよ」

関田さんの声が追っかけてきた。

「関田さんとは違うよー」

和彦は高ちゃんとかけだした。

ある日、工場をのぞくと、父さんが水場であぐらをかき、南京ガンナの刃を砥いでいた。

南京ガンナは縦5センチ、横の長さ20センチで、小さな歯が真ん中についている。曲線をえがいているところをけずるときに使う。

和彦は父さんや職工たちが南京ガンナでワクを仕上げているのをよく見かける。父さんのそばにしゃがみこむと、父さんは顔を上げずに言った。

「南京ガンナがなければな、ラケットは仕上げられん」

話している間も手を休ませない。刃を押し出すようにすべらせる動作をくり返した。

「特に、アームの付け根の、えぐられているところはこれが大いに役に立つ」

刃に水をかけ砥石の上をまたすべらす。

「いいか？　カンナ砥ぎは大事だぞ」

「よく削れるようにでしょ？」

和彦は得意そうにあごを突き出した。

「そうだ。切れない刃ではいい仕事はできない。わかったか？」

「はい」

「砥石は粗いものから順に細かいものに変えていくんだよ」

幼い和彦はなんでも知りたい年頃だ。父さんの教えてくれる言葉の一つひとつがすべて、新鮮だった。

父さんは親指の腹で刃の具合を確かめ、刃にたっぷり水をかけると、また、砥《と》ぎ始めた。

スーッ、スーッ、スーッ

手元からゆっくりとした単調なリズムがきざまれていく。

和彦は次第に眠くなり、大きなあくびをしてしまった。

「なんだ、お前は。父さんが一生懸命仕事をしているのに、あくびをするとは、あきれたもんだ。そんなんでは父さんの後は継げんぞ」

目つきのするどい大蛇《だいじゃ》に、にらまれたようなものだ。

「はい、ごめんなさい」

和彦はあわてて正座をした。

「洗面器の水を砥石にかけろ」

「はい」

アルミのうす汚れた洗面器にはねずみ色ににごった水が7分目ほど入っていた。

和彦はきれいな水に変えようと、洗面器のふちに手をかけ、サッとかたむけた。

汚れた水が音をたて、流れた。そのとたん、

「バカヤローッ」

父さんの平手がのびた瞬間、パチッという音と同時に、ほほに痛みが走った。和彦はその場にひっくり返ってしまった。

「なぜ、水を流した?」

父さんの顔が和彦の顔におおいかぶさってきた。起き上がり、ほほを手の平でおさえ、やっと、こたえた。

「水が……、よごれ……てたから」

痛みをがまんしようと思っても、涙が勝手に出てくる。

「まあ、大きな声がしたから来てみたら、なんてことを」

母さんが住まいの方から入ってきた。

「和彦はまだ、小さいんですよ。手荒なことしなくたって、いいじゃありませんか」

和彦を抱きかかえようとした。

「うるさいっ。お前はだまってろっ」

すごいけんまくに母さんは思わず身を引いた。

「いいかっ。大事な水を粗末にしてはいかん。お前が流した涙も水。水がなければ生きていかれないんだぞ」

しょっぱい水だ。

和彦は袖口《そでぐち》で涙をふいた。

「刃を砥げば、水がにごるのは当たり前だ。父さんのやるのを覚えないで、どうするっ」

「はい、ごめんなさい。わかりました」

まだ、ほほが熱く、ヒリヒリした。

「まったく、手荒なんだから」

母さんはボソッと言うと、和彦の背中を軽くたたき、ほうきで周りをはきだした。

刃砥ぎの作業がまた、始まった。

和彦は洗面器に手を入れ、砥石に水をかけた。そのタイミングもだんだん分かってきた

ころ、砥石は目の細かいものに変えられた。しばらくして、

「よしっ」

かすかな声が、父さんの口からもれた。

和彦はふーっと、大きく息を吐いた。

周《まわ》りを見ると、職工たちはカンナがけが終わったラケットを3本も4本も仕上げていた。母さんは職工たちが仕上げたワクの数と、やっとこれからカンナがけに入る父さんとを見比べ、肩をすくめた。

父さんはそんな母さんのようすなど気にする風もない。ワクを作業台に取り付け、今、砥いだばかりの南京ガンナを両手に握った。

両腕が手前に引かれた瞬間、ほそく、透けている紙のようなカンナくずが飛び出してきた。まるで、生き物のように、次から次へと飛び出してくる。

ワクのふち、くびれたところ。

削り終わり、点検のため、かざすワクはにぶい光を放っていた。

ラケット工場の中はいつも活気があった。

職人たちは製作に忙しそうだったし、その表情も明るかった。

工場に顔をだす和彦に声もかけてくれる。

ある日、アルファベットが書かれている木箱がたくさん積まれてあるのを見た。

「英語だ！　なんて書いてあるの？」

「アメリカ。アメリカへ送るんだよ」

関田さんが教えてくれた。

「うちのラケットをアメリカの人が使うの？　すごいねー」

「うちは親方をはじめ、みんな腕がいいからさ」

関田さんは自信ありげだ。

「じゃあ、関田さんも？」

「おれ2番。いや冗談、冗談」

関田さんは首をすくめた。

そんな工場がますます好きになった。


父さんは休みの日にはテニスをする。自分で作ったラケットを持ち、近くの中学校（旧制中学校）のコートを借りてはテニス仲間と楽しんでいる。

白いシャツに白いズボン、白い運動靴をはいてボールを追う父さんの姿はまぶしかった。

父さんのスマッシュは鋭く、工場の中で、作業着を着て、気むずかしい顔をしている姿とはまったく違っていた。

真っ白い歯をいっぱい見せ、お腹から笑っているようすは、見ている和彦も楽しくなる。

だから、父さんがテニスをやりに行くときはいつもくっついて行った。帰り道、

「父さん、テニス上手だね」

「そうかい？　そう見えるか？」

父さんは目を細めた。

「テニスっておもしろそうだね」

「そりゃあ、おもしろいさ。だけどね」

急に調子を変えた。

「楽しむだけでテニスをしているんじゃないんだよ」

「えっ、そうなの？」

和彦はおどろいた。なんだろう？

「自分で作ったラケットの調子を自分が使ってみないと、わからないだろ？」

と、ラケットを小さく振った。

「そうか、そうだね」

和彦は新しい父さんを発見した思いがし、うなずいた。


父さんは取引で地方へ出かけるときがある。明日は静岡へ行くそうだ。朝、東京発9時23分の列車に乗る予定だ。そのためには家を7時30分には出ないと列車の座席に座れない。

母さんは前の日から、着ていくもの、持っていくものをそろえ、父さんのために準備をした。

父さんは毎朝、工場に入るのが7時30分だから、特別早く起きる必要はないと、いつも通り6時に起き、のんびりと新聞を読み、朝食をとった。

「あなた、いつもと違うんですよ。仕度したほうがいいですよ」

母さんは気をもんで、注意した。

「大丈夫だ。まだ、時間はたっぷりある」

「油断していると、乗り遅れますよ」

「おれは旅なれてんだ」

父さんは母さんの注意をまったく無視した。そのうち、

「あ、そうだ。し忘れていたことがあった」

そういうと、工場に入り、カンナの刃を砥ぎだした。

「カンナなんか、帰ってからでもいいじゃありませんか」

「〈カンナなんか〉とはなんだ。これをしておけば、帰ってから仕事が段取りよくできるんだ」

「そりゃあ、そうですけど、この間も乗れなかったでしょ」

関田さんが出勤してきた。

「おはようございます」

「うん、おはよう」

父さんは水場で砥ぎの作業を続けている。

「あれっ、まだ出かけないんですか？」

「うん、これをやってからな」

「でも、時間が……」

「そうなんですよ。さっきから言ってるんですけどね」

母さんは関田さんに目くばせをした。

「お前はさっきから、うるさい。なにも座れなくったっていい。おれは旅なれてんだ」

父さんは刃研ぎを止めようとしなかった。

「ほっときましょ」

母さんはあきれ顔で奥へ引っ込んでしまった。

「かーずーちゃん、がっこいこー」

高ちゃんがよびにきた。

和彦も心配になったが、学校へ出かけた。

学校から帰ると、母さんが言った。

「父さんったらね。やっぱり、乗り遅れちゃったのよ。〈都電が遅れたから〉だなんて、都電のせいにしちゃってね。うちにもどって来て、次ので行ったわ。ふたこと目には〈旅なれてんだ〉なんて言うくせに」

「次のは大丈夫だったの？」

「そうでしょ。もどってこないから。あんたも、気をつけなさいよ。なんでも手ぎわよくやらなきゃだめなのよ」

「わかってるよ」

和彦は母さんからは「要領の悪い父さんに似るんじゃない」と、よく言われる。

「わかってるよ」と、返事はするが、父さんの失敗のたび、おこられなきゃならないことに和彦はいつも不満だった。

3 国家総動員法《こっかそうどういんほう》

《1937～40（昭和12～5年）小学校2～5年生》

1937年（昭和12年）7月に中国で大事件が起きた。北京郊外の盧溝橋《ろこうきょう》で日本軍が仕掛けた、中国軍との発砲事件がきっかけとなり、日中戦争が始まった。

新聞やラジオでは「中国軍が先に発砲《はっぽう》」と、盛んに報道した。

2年生に進級した学級では、「日本は満州人を中国の手から解放し、幸せにしてあげるために、〈王道楽土《おうどうらくど》〉をつくるのです。日本は神様であらせられる天皇陛下様のもと、清い戦争、聖戦《せいせん》をしているのです。ですから、あなたがたも一生懸命勉強をして、立派な軍

人になり、天皇陛下様のために、命をかけなければなりません」と、毎日のように聞かされた。

和彦は日本が満州の人たちを助ける大事な仕事をしているんだから、自分たちもわがままを言わず、がんばらなければいけないと思った。

ラジオや新聞は日本軍が北京《ぺきん》、天津《てんしん》などの都市を陥落《かんらく》させたと、戦果をほこらしげに報じていた。和彦はそんなラジオを聞くたび、

「ばんざーい」

両手を上げ、叫んだりした。

南京《なんきん》を攻め落とした12月にはお祝いのちょうちん行列に両親といっしょに参加し、町中を練り歩いた。

南京で住民の大量《たいりょう》虐殺《ぎゃくさつ》があったことなど、和彦たち国民はまったく知らされていなかったのだ。

和彦は高ちゃんや近所の子どもたちと、兵隊ごっこをした。強くて、いつも勝つのは日本軍で、負けて、つかまるのは中国軍の兵士だった。

「ぼく、中国兵はやりたくない」

和彦が言うと、高ちゃんも「ぼくも、やだ。日本軍の大将がいい」「ぼくだって、日本軍の大将やりたい」「中国兵なんてなあ」

だれも中国兵をやりたがらない。仕方がないので、順番で役を決めた。

天下無敵《てんかむてき》の日本軍の大将をやっているときは気持がいい。

みんな、父さんが作った木馬にまたがり、

「進めーっ！　突撃《とつげき》だーっ！」

と、叫んでは棒きれを振り回した。


あくる年、1938年（昭和13年）3月の春休み、もうすぐ3年生になろうとしていた。

朝ごはん前のことだった。

父さんが新聞を広げていたとき、

「コッカソウドウ……。どうなるんだろう」

と、低い声で言った。

その表情は真剣で、目は字を追い、今まで聞いたことがない言葉を言っている。

和彦は気になって聞いた。

「コッカソウドウってなあに？」

「国家総動員法か？」

「そう、それ」

「これはな、お国のために、戦っている兵隊さんに必要なものを作り、送ってやらなければいけない。だから、本国にいる我々はムダやゼイタクをしないために、勝手に物をつくり、売ったり、買ったりしてはいけないっていうことだ」

父さんは和彦にも分かるようにやさしい言葉で、ゆっくりと話してくれた。

「必要な物ってどんな物？」

「食べる物や着る物、ケガや病気のとき使う薬、それから、戦うときの兵器や弾薬、せっけん、歯ブラシの日用品……」

父さんは言葉につまっている。

和彦も考えた。

「そうだっ、ラケット！」

大声で言った。

「えっ、ラケットか？」

父さんが顔をのぞきこんできた。

和彦は片手を上げ、教室で先生にこたえるように言った。

「はいっ、父さんが作ったラケットです」

父さんは首をかしげた。

「ラケットはむずかしいだろうなあ」

「どうしてむずかしいの？」

「戦地でテニスはやらないだろうねえ」

「やればいいのに」

「そうだな。だけどテニスをやっている間に敵が攻めてきたら困るだろう?」

「ムダなんだ」

「ムダなもんか。戦争に合わないだけだ」

父さんはむぞうさに新聞をたたんだ。その表情から笑《え》みが消えている。和彦はどうして父さんが不きげんになったのか、自分が〈ラケットはムダだ〉なんて言ったから、きげんが悪くなったのかなと、思った。

「父さん、ムダって言って、ごめんなさい」

「う?」

父さんは不審そうに顔を向け、

「そんなこと、どうでもいいことだよ」

父さんは薄笑いをした。

「そう、よかった」

「さあさ、ごはんですよ」

「はーい」

母さんの声で、和彦はいち早く、卓袱台《ちゃぶだい》の前に座った。


3年生の新学期が始まったばかりの午後、群おじさんが工場に顔を出した。

「よう、和ちゃん、高雄とあそんでるかい?」

「うん、あそんでるよ」

「そうか、そりゃあ、よかった」

群おじさんが和彦と話していると、

「おう、群さんか、どうしたい?」

父さんが群おじさんの声を聞き、倉庫から出てきた。

「今夜、これ、どうお?」

群おじさんは親指と人差し指で、おちょこを口に持っていくしぐさをした。

「いいねえ。このところごぶさたしてるから、やろうか」

「コッカソウドウとかなんとかが始まっちまうと、飲めなくなっちまうからね。今のうちにいっとこうよ」

「まったくだ。おれらの唯一の楽しみも、ままならなくなっちまうからね」

2人は夕食後、すぐ近所にある居酒屋の〈おゆき〉で飲む約束をした。

父さんは夕食もそこそこに、〈おゆき〉へ出かけて行った。

ひさびさの気の合うもの同士の酒はさぞうまかったんだろう、9時になっても、父さんは帰ってこない。

「父さんはしょうがないわね。飲みだすと長っちりで。明日は仕事だというのに」

母さんは柱時計を見た。

「和彦、〈おゆき〉へ行って、父さんをよんできてちょうだい」

父さんが飲みに行ったとき、呼びに行くのはいつも和彦だった。

〈おゆき〉は同じ通りの５００メートルほど離れた所にある。

周りの店はもう閉め、街灯が頼りなげに、ぼんやりと通りを照らしていた。

そんな薄暗い町の中で〈おゆき〉だけは明るくともしていた。灯りをつけた赤ちょうちんが店の前に出ているので、離れたところからでも、すぐ、それとわかる。

和彦はガラス戸をそっと、少しだけ開け、中をのぞいた。

７人しか座れないカウンターに父さんと群おじさんが座っていた。

群おじさんがなにやら大きな声でしゃべっている。父さんはおちょこを口に持っていき、酒を飲んでいる。

白いかっぽうぎ姿のおかみさんが気配を感じたらしく、戸口に顔を向けた。

「あら、和ちゃん、中におはいんなさいよ」

色白で、ぽちゃっとしたほほをゆるませ、手招きをした。白い柔らかそうな手だ。母さんの手とは違う。

父さんと群おじさんが後ろを振り返った。

「やあ、和ちゃん」

「なんだ、来たのか。中に入れ」

父さんに言われ、和彦は中に入った。

「母さんが明日仕事だから、早く帰るようにって、言ってるよ」

和彦は母さんの言いつけを伝えた。

「分かったよ。じゃ、これ、飲んでからな」

父さんはとっくりを持ち上げ、ゆらした。

「おれらの子どもたちと飲める日がくるといいなあ」

「ほんとだ、うん」

群おじさんは酒を口に放り込むように飲んだ。

2人ともかなり酔っているようで、体がゆらいでいた。

「いいか、おれたちはしょく、職人だ。誇りは忘れちゃ、ウイッ　いかんぞ」

父さんが回らなくなった舌で言った。

「忘れるもんかっ。ウイッ」

和彦はなかなか腰を上げない父さんに、しびれをきらした。

「早く帰ろうよ」

「わかってるよ。今、今、帰る支度をしてるんだ」

「支度なんかしてないよ」

「してるじゃないか。この中の酒をきれいにしてからだ。これでもしゃぶってろ」

父さんは焼いて裂いたスルメの1本を和彦の鼻さきに突きだした。

スルメの香りが父さんを許した。和彦はスルメをつまむと、しゃぶりだした。スルメのうまみが唾液腺を刺激する。

〈おゆき〉へ迎えに行くと、いつもこのスルメをしゃぶらされ、待たされてしまう。それが和彦の楽しみでもあったから、母さんには内緒にしていた。

群おじさんが突然、歌いだした。


♪はーーあーえー、鳥もわたーるかーあのーやまーこーえーてー

群おじさんのつやのある歌声がろうろうと店の中でひびいた。

父さんやおかみさんが手拍子をしだした。

酔ってても歌はしっかりと歌っている。

手拍子でますます調子がのってきた。


♪くものさーわーたーつーー　あれさ　おーくちちーぶー

最後まで歌うと、

「秩父音頭、おれの故郷《ふるさと》の歌だ。子どものころを想いだすよ」

「郡おじさん、歌が上手だねえ」

和彦は帰ることも忘れてしまった。

「うれしいねえ。和ちゃんに、ほ、ほめられて」

群おじさんは顔をくちゃくちゃにした。

「秩父の山ん中でな、び、貧乏な家で、育ったころが懐かしいよ」

「どんなことしたの？」

和彦は興味がわいた。

「かいこの世話もよーくしたけどな。ヒック、山ん中でも遊んだもんよ。春にはな、山菜とりや、きいちごなんか、と、とってよ。秋はあけび、山栗。よーく食ったもんだ」

「おいしそう」

和彦は思わず、つばを飲み込んだ。

「おれはなあ、海育ちだからな」

父さんはちょっと背筋を伸ばした。

そういえば、父さんの子どものころの話をあまり、聞いたことがない。和彦は父さんをじっと見つめた。

「夏になりゃあ、ヒッ、海で泳いだり、もぐってさ、魚をモリで、ついたり、貝をとったりしてなあ」

父さんの眼差しは遠くを見ているふうだ。

「おやじといっしょに、よく、ふ、舟でつりにでかけたもんよ」

そう言うと、両手を突き出し、舟を漕ぐしぐさをした。

「あのころは、みんなのびのび、してたな。和彦たちにも、味あわせ、たいよなあ」

「そうそう。お国のためなら、しようがないけどねえ。考えるときがあるよ。うん」

「これから先、どうなるか、教えてくれよ。群さんよー」

「さあねえ。おれにわかる、ヒッ　わ、わけねえだろう」

群おじさんの体が大きく揺れた。

「おれは建具職人、茂さんはラケット職人。戦争とは、む、無関係。わかるな。茂さん」

「うん、……かえって、じゃまかも……」

父さんはそのまま、だまってしまった。

「あたしの仕事も無関係よ。お店閉めたら、どう食べていけるのかしら。亭主は戦死しちゃって、ひとり者になったから、心配よ」

おかみさんは眉をひそめた。

「うちの店が開けているうちは来てね」

「もちろんだよ。なあ」

父さんが群おじさんの肩をたたいた。

「おう、来るに決まってんだろ」

しばらくして、２人はようやく重い腰を上げた。

外に出ると、群おじさんは小さな声で歌いだした。

♪はーーあーーえー、
あきごしまーーってー　むぎーまきーおーーえてーー
………

歌声が止まった。

群おじさんは立ち止まり、空を見上げた。星がたくさん、きれいに、またたいている。

「秩父の星もきれいだった。じゃあな」

群おじさんは手をちょっとあげると、ふらふらと路地に入って行った。

父さんは玄関に入ったとたん、くずれるように上がり口で寝そべってしまった。

「父さん、起きてくださいよ」

母さんが起こそうとすると、

「コッカが、ソウドウ、ソウドウおこしゃあがって、てやんでー」

口の中でぶつぶつ言うと、大いびきをかいて、寝てしまった。

「まったくしょうがないわねえ。和彦、あんたが大人になっても、のんべえになんか、なるんじゃないのよ」

母さんが和彦をにらんだ。

また、ぼくが怒られた。

和彦はほっぺたをふくらませ、

「わかってるよ」

と、低い声で言った。


和彦は高ちゃんや近所の子たちと、ときどき、荒川（現在の隅田川）の土手までかけっこを楽しんだ。走って、15分くらいだから、競争するのにはちょうどよい距離だった。

和彦は、走るのは好きで早いが、高ちゃんはもっと早かった。

学校で走っても、いつも高ちゃんが1番。運動会では花形だった。

高ちゃんは背が高いし、がっちりした体格だったから、きゃしゃな和彦にはとうてい歯がたたない。それでも、走るのは好きで、和彦のほうから、「走ろうよ」と、さそったりした。

今日も駄菓子屋であそんでいたとき、数人の子たちで「走ろう」という話になり、買った駄菓子を土手で食べると決めた。

和彦はあんこ玉を、高ちゃんはセロハンに包んだアメ玉を2つ、買っていた。

ほかの子たちも、ねじりんぼうや、のしいかなどをポケットにつっこみ、店先にある水道の蛇口から水をがぶがぶ飲んだ。

「ヨーイ、ドン！」

いっせいに走り出した。

はじめは和彦が1番だった。気持よく風を受けて走っていたら、高ちゃんが「おさきにー」と言って、追い抜いた。あわてて、和彦は足を速めたが、追いつかず、へとへとになってしまった。

土手をはいつくばるように登り、てっぺんになんとか、着いたとたん、倒れ込んだ。後から次々と、土手に上がってきた子たちも、倒れ込み、ハアハアと荒い息をした。

和彦がぐるっと体を回し、あおむけになった。そのとき、おなかの辺りで「グニャッ」と、変な感じがした。

「あれっ、なんだ？」

和彦が急いで起き上がり、ポケットの中を見ると、あんこ玉がゴムの包みから飛び出し、ポケットの中でグチャグチャになっていた。

「ひゃーっ。失敗したーっ」

大声を上げたので、みんながポケットの中をのぞきこんだ。

「やっちゃったー」

キャッハハハハ、アッハハハハハ
疲れも忘れて、おなかを抱え、笑い合った。

「これ、あげるよ」

高ちゃんがアメダマを突き出した。アメダマを包んでいるセロハンがベトベトになっていた。

「ありがとうっ」

和彦はうれしくて、すぐ手を出した。

みんなと並んで腰を下ろし、川や空をながめて食べた駄菓子は格別にうまかった。

1939年(昭和14年)、4年生の夏休みが終わった9月から、毎月一日《ついたち》は興亜奉公日《こうあほうこうび》とされた。

それは『戦地で戦っている兵隊さんたちのために、ゼイタクをしない日』として決められたものだった。

街角には『日本人なら、ぜいたくはできないはずだ』と大書きした立て看板が立てられた。

学校では先生が「ぜいたくをせず、節約に努めるように」と、話をした。

「質問や意見のある人いますか?」

「ハイッ」

泉本希美子《いずもときみこ》がまっすぐに手をあげた。席は和彦と同じ横の列だ。

「ご飯を食べる前に『天皇陛下、兵隊さん、ありがとうございます』と言ったほうが良いと思います」

「そうですね。天皇陛下や兵隊さんに感謝の気持ちを忘れてはいけませんね」

と、先生が言うと、

和彦も「ハイッ」と、負けずに手を上げ、意見を言った。

「戦争に勝つためには子どもも兵隊さんになったつもりで、節約しなければいけないと思います」

「とても良い意見でしたね。2人とも少国民のお手本です」

先生がほめてくれた。

2人はうれしくて、思わず顔を見合わせ、ニコッと笑った。

滅多に話さない希美子が笑ってくれたとき、ドキッとし、和彦のほほが熱くなった。

希美子は和彦の家の近くにある美容院の娘で成績が良くて、かわいい。最近ちょっと気にかかるようになった。

駄菓子屋で会うことはあっても、いっしょに遊ぶことはない。女の子と男の子の遊びが違っていたから、話すこともなかった。

ぜいたくをしない日は月の一日とは限らなくなった。

国家総動員法によって国の決まりがきびしくなると、商品の取引《とりひき》をかくれておこなうヤミ商人が現れ、買《か》い占めをし始めた。

戦争によって、食物や生活用品の生産量《せいさんりょう》が減っている上、軍へ物資《ぶっし》がまわされ、買い占めもされたら、品不足《しなぶそく》はいやでも起きる。

商店は自由に商品を仕入《しい》れることができなくなった。仕入れたとしても、数が少ないので、店先に少ししか並べられない。もうけるどころではなかった。

米は配給制《はいきゅうせい》になったが、食べ物や生活するのに必要な物が、ますます手に入りにくくなり、お腹《なか》が空《す》いても思うように食べられなくなった。

ヤミ商人は買い込んだ商品を高い値で売った。お金のある人はそれを買えたが、ほとんどの人は手に入れることができなかった。

店先に商品がちょっと並ぶときがあると、それっとばかりに人が集まり、行列ができた。しかし、並んだ人が全員買えるなんて、めったにない。買えなかった人は、肩を落として帰るしかなかったのだ。


11月も半ば過ぎのことだった。

3時ごろ、母さんが和彦を呼んだ。

「今、お隣の奥さんが〈魚屋さんで魚を売るらしい〉って、教えてくれたの。多分、行列になると思うんで、行ってくれる?」

「いいよ。母さん、大事にしないとね」

「悪いわね。助かるわ」

母さんはすまなそうに、和彦にお金を渡した。

母さんのお腹には赤ちゃんがいる。まだお腹は大きくなってないが、来年の6月に生まれるそうだ。だから、長い時間、行列で立っていられないから、そういうときは和彦が引き受けていた。

魚屋さんに近づくと、もう、行列ができている。何の魚か見たいけれど、列から出るわけにもいかず、じっと待った。

だけど、一向に前へ進まない。きっと、まだ、売り出してないのかもしれない。店のようすがまったく見えないので、じっと、しんぼう強く待つしかないのだ。

前の女の人がつぶやいた。

「まだかしらね」

と、行列から首を横に長くのばし、前のようすを見ようとした。しかし、見えないのか、見るのをやめた。

並んでいる人たちは、不満も言わず、だまったまま、並んでいる。慣れてしまったのだろうか。

1時間以上待って、ようやく行列が動き出した。

買えたのは小ぶりのアジたった1匹だった。

夕飯の卓袱台に1匹のアジの煮つけの皿が、ポツンと、さみしげにのった。

「いただきます」

と、みんなが手を合わせ、ハシを持ち、アジをつつこうとしたときだった。

「ちょっと待て」

父さんは右手を前に突き出した。

「このアジはおれたちにしてみればたった一匹だけど、命がけで漁をした漁師たちを忘れちゃいかんだろう」

和彦は、一瞬ドンと胸を突かれたような気がした。

「だからきれいに食べないと、漁師たちに申しわけない。おれが身をはがす」

父さんはそう言うと、頭のほぼ骨のすぐ下から尾っぽにかけて、一直線にハシを入れていった。

和彦も母さんもだまったまま、父さんのハシの動きを見つめた。父さんは真っすぐの線から背と腹に向かって、それぞれ身をはがした。身はくずれることなく、きれいにかたまりのまま、皿にのせられた。骨にはひとかけらの身もついていない。

父さんは日ごろから、魚を食べるとき、

「身をくずさないで、きれいに食べろ」

と、食べた後の和彦の皿を見ては叱った。

「身が散らかっているじゃないか。そんな食べ方はいかん。魚に申しわけない」

父さんの皿を見ると、確かに骨に身がついていない。

たのだ。

でも、和彦はそれほど注意を払わなかった。今、初めて、父さんの食べ方をじっくり見ここでも、父さんの技を見たようだった。

「こうすれば、身がきれいに、くずれないでとれるだろう。無駄なく食べられる」

「あなたは海育ちですから、魚の食べ方が上手ですね」

母さんも感心したようだ。

半身がなくなると、父さんはひっくり返し、和彦に言った。

「お前やってみろ」

和彦は真似をして、やってみた。が、うまくいかず、身がくずれてしまった。

「まあ、いいだろう。何事も経験が大事だ」

父さんはまだついている身をきれいにはがしてくれた。

おかげで、身は散らかることなく、頭と骨だけが残った。すると、今度は、

「目玉を食べろ」

と、ハシの先で小さな目玉を二つ、くりぬき、母さんと和彦の茶わんの中に入れた。

「えっ、目玉」

「目玉ですか？」

2人は気持ち悪そうな顔をした。

「目玉は栄養があって、うまいんだぞ。小さくても、貴重な食べ物だ。無駄にするな」

「はい」

和彦は気のない返事をし、おちょぼ口で、目玉を舌の先にのせ、転がした。すると、かすかではあるが、甘みが感じられたし、硬い目玉の周りのものがトロンと柔らくて、うまみがある。意外だった。硬い小さな粒が残ったので、飲み込んだ。

「ちょっとおいしい」

「そうねえ。かすかにね」

「これが大きな魚だったら、もっと、うまいんだがなあ。田舎がなつかしい」

と、父さんは目を細めた。

「田舎でおいしい魚食べてたの?」

「もちろんだ。とれたての魚さ」

「あなた、今、そんな話、やめてください。どうにもならないんだから」

母さんは八の字をよせた。

「あ、そうだな。おれが悪かった」

父さんはアジの頭の中をほじくり、小さな身を美味しそうに食べた。

ハシをおいたときはアジのどこにも身らしい身はついてなかった。その骨を煮汁といっしょに母さんの茶わんに移し、お湯を入れた。

「お腹の子のためだ。飲むといい」

「すみません」

母さんはそれを飲み干し、

「おいしい」

と、茶わんをおいた。

食事が終わると、父さんは骨の入った茶わんを火鉢の所にもっていき、網をゴトクの上にのせ、そこに骨をのせた。

「和彦、風呂は先に行け。父さんは骨を焼くから」

父さんは火鉢の前にどっかと、あぐらをかき、離れようとはしなかった。

和彦は勉強をし、明日持っていくものをそろえた後、銭湯へ行った。

銭湯から帰っても、父さんはまだ、火鉢の前で、アジの骨をひっくり返しては焼いていた。

「まだ焼いてるの？」

「うん、もう少しだな」

父さんはうわの空で、立とうとはしない。母さんが和彦に目配せをした。

それから、しばらくして、

「和彦、焼けたぞ。ちょっとこい」

呼ばれて、行ってみると、茶色くなったアジの骨が網の上に載っていた。

「これを食べると、骨が丈夫になる。ほらっ」

父さんは茶色くなったアジの背骨を半分に折り、ハシでつまむと、和彦の方へ突き出した。

もう半分は母さんにあげた。

和彦はそっと手に取り、口の中に入れた。

「あっ」

和彦は小さい声を発した。

骨は軽く噛むと、サクッとして、たちまち溶けてしまった。

不思議な感じだった。

「骨が口の中で溶けた」

「そうだろう。じっくり焼けばそうなるんだ」

父さんは満足そうに、笑顔を向けた。

「お腹の子によさそうですね」

「ほんのちょっぴりなのが玉にキズってなもんだな。ハル、この頭はダシに使うといい」

「そうですね。アジもここまで残さず、食べてもらえば、満足するでしょうね」

「ほら、アジが笑ってるよ」

和彦がアジの頭の骨を見て笑った。

「あら、ほんとね」

母さんも笑った。

「さあ、風呂でもあびてくるか」

父さんはやっと、立ち上がった。

3 国家総動員法

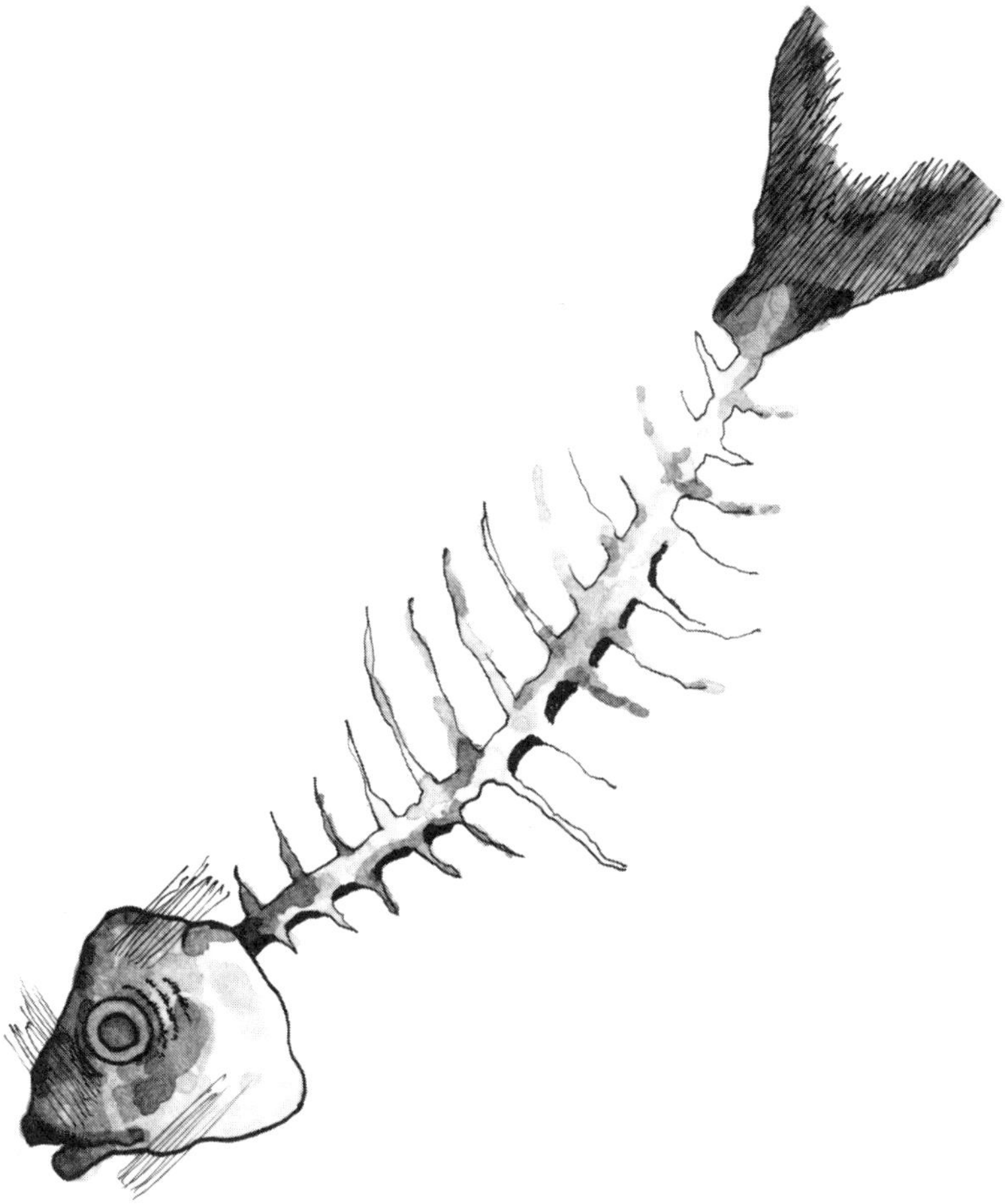

食事は一汁一菜《いちじゅういっさい》が手本とされた。和彦や職工たちの弁当はご飯の真ん中に梅干がたった1つ入ったものになった。みんなはこれを〈日の丸弁当〉と言った。

おかずはほとんどなく、せいぜい、漬物ぐらいだった。かぼちゃやさつまいもの混ざりものごはんも食べられるようになった。

4年生にもなると体も成長し、食欲もぐんと増える。それなのに、今までよりも弁当のごはんが減り、おかずもなくなったりでは我慢するのがつらかった。

「卵焼きを食べたら、ガリッだってさあ。へんだと思ったら、タクワンだ」

和彦が大きな声で言ったので、周りの子たちがふきだした。

「栗ごはんかと思ったら、さつまいもだったよ。くりさつごはん、うまい、うまい」

高ちゃんも負けじと言い、みんなの笑いをさそった。それ以来、その冗談が流行し、弁当の時間を少し、明るくさせた。

駄菓子屋では並ぶ菓子やおもちゃがぐっと減り、店はガランとした風景になってしまった。もんじゃ焼きの具はなにも入ってないものだけになり、やがて、もんじゃ焼きすらもなくなってしまった。店の奥にある鉄板の上には新聞紙がかけられたままになった。

「もんじゃ焼き、もう、やらないの？」

和彦がおばさんに聞くと、

「悪いねえ。もう、材料が手に入らなくなっちゃったからね。できないのよ」

「あーあ、食べたいな」

高ちゃんが言うと、

「もし、入ったら、すぐ始めるからね」

と、おばさんはあいそ笑いをした。

「そういえば屋台のお好み焼き屋、来なくなったねえ」

和彦は気がついた。

「やっぱり、材料がないんだろうなあ」

「なんだか、さみしいね」

2人が話していると、

「ほんと、困るわねえ。おっと」

おばさんはあわてて口をふさぎ、

「ちょっと、あんたたち、中にお入り」

和彦たちを店の中に入れた。

「あのね、お国がやっていることで、いやなことがあっても、それを口に出してはいけないよ。今、ものがないから、〈さみしい〉とか言ったでしょ？　おばさんも〈困る〉って言っちゃったけど、外では何も言わないこと。分かった？」

なんのことやら意味がわからなかった。

「どうして?」

和彦は聞いた。

「そうねえ。なんて言ったらいいんだろうねえ。ようするに、お国が決めたことには、文句を言ってはいけないのよ。だから、今、あたしたちがしゃべったこともないしょ」

と、口に人差し指を立てた。

「父さんや母さんにも?」

高ちゃんが聞くと、おばさんは、ちょっと考え、

「言わないほうがいいだろうねえ。3人のひ、み、つ」

また、口に人差し指をたて、ニコッと笑った。

「なんでだろう。ま、いいや、言わないよ」

2人はよく、わからないまま、外に飛びだした。おばさんのわけのわからない話より、遊ぶほうがずっとおもしろい。

2人は店先でビー玉あそびをはじめた。

子どもたちは駄菓子屋に品物がそろっていなくても、そのまわりで遊んだ。

和彦と高ちゃんはベーゴマやメンコも好きだ。2人の力は勝ったり、負けたりの五分五分。

今日も、2人はメンコをやった。

勝負は和彦が勝ち進め、高ちゃんのメンコは1枚になってしまった。和彦はその1枚をねらい、力いっぱい打ちつけた。高ちゃんのメンコがヒラッと浮かび、ひっくり返った。

そのとたん、高ちゃんが叫んだ。

「あっ、和ちゃん、ずるい！」

「ずるくなんかないよ」

「ずるいずるいっ。足を使ったじゃないか」

「そんなことしてないよ。高ちゃんのほうがずるい。自分が負けるからウソついてっ」

和彦は引き下がらなかった。

「なにを！」

高ちゃんが飛びかかってきて、和彦の顔をひっかいた。

「いたっ」

和彦も負けず、両手を振り回し、引っかいたり、たたいたり。高ちゃんが泣き出した。

「わーっ、わーっ」

泣きながら、向かってくる。

「ちょっと、ちょっと、あんたたちっ」

駄菓子やのおばさんが店から出てきた。

「相撲が下手だねえ。ほら、ちゃんと四つに組まなきゃあ」

2人の顔を見た。

「あらあら、2人ともほっぺたに引っかき傷なんか、こしらえちゃって。反則しちゃあ、だめじゃないか。今、赤チン塗ってあげるから、2人ともおいで」

おばさんは2人の腕を両手でつかみ、店の中に連れて行った。

赤チンをぬられた2人はお互いに顔を見合わせ、「赤鬼だ」と、笑った。

「ほんとね」

おばさんも笑い出した。

和彦はポケットからさっき取った高ちゃんのメンコをつかみ出し、高ちゃんに突き出した。

「もう、買えないから返すよ」

「ありがとう」

和彦と高ちゃんはやさしい鬼の顔になった。


それから、2か月ぐらいたつと、居酒屋の〈おゆき〉が店を閉め、父さんや群おじさんたちの楽しむ場所もなくなってしまった。

和彦たちは最近、新しい遊びをするようになった。

国防婦人会《こくぼうふじんかい》が通る人にビラを配っているそのそばで、ビラに書かれてある文句を女の人たちに大きな声ではやし立てるのだ。

「ゼイタクはやめましょう！」

「パーマネントはやめましょう！」

和彦や高ちゃんは特別大きな声を張り上げ、女の人があわてて逃げて行くようすを見てはおもしろがった。だんだんエスカレートして、逃げて行く人の後を追いかけたりもする。

日曜日の午後、出かけていた母さんが頭からふろしきをかぶり、血の気のない顔で帰ってきた。色白の肌がすき通るように見えた。

「どうしたの？　何があったの？」

和彦はおどろいた。

「それがね」

母さんは部屋に入り、かぶっていたふろしきをはずした。きれいなウエーブのついた髪が出てきた。

「せっかくきれいになった髪をどうしてかくしたんだ？」

父さんは不思議そうな顔をした。

ひょっとしたら……。

身をかたくして、両親の話に耳をすました。

「だって、〈パーマネントはやめましょう〉だなんて、国防婦人会がビラを突きつけるし、子どもたちまでも、はやしたてるし。もう、パーマネントはかけられませんよ」

「でもね」

和彦は口をはさんだ。

「〈ぜいたくはやめましょう〉って、お国の命令なんだから、パーマネントをかけちゃ、いけないんでしょ?」

「命令じゃないけど……」

母さんは言葉をにごした。

「戦地にいる兵隊さんのこと考えたら、パーマネントなんか、かけたらおかしいよ」

和彦は食いさがった。

「きれいにするのは悪くないけど、やりにくくなるなあ」

父さんも心配顔になった。

「そうですねえ」

母さんはふろしきをたたみ、布製の手さげかばんの中に入れた。

「美容院が商売できなくなりますね」

美容院……。泉本美容院。

和彦の頭に希美子の笑顔が浮かんだ。

もし、お客が来なくなって、店を閉めたら、どうなるんだろう。お父さんは出征しているし。と、考えたら、希美子が悲しい顔に変わった。

「〈おゆき〉も閉めちゃったし、商売ができなくなるのは美容院に限ったことではないだろう」

父さんは意味ありげに言った。

「テニスだって、できませんものね」

「えっ、テニスも？」

「当然だ」

和彦の甲高い声に、父さんはむっつり、一言こたえた。

「じゃあ、ラケットは？」

「売れない」

和彦の胸の中を冷たいものが走った。

「どうするの？」

「わからん」

また、父さんの短いこたえが返ってきた。

「お前もその遊びをしてんのか？」

和彦にするどい目を向けた。

「してないよ」

和彦はあわてて首を横に振った。

今日、行かなくてよかった。

そう思ったら、腋《わき》の下がジトっと冷たくなった。

「〈おゆき〉のおかみさん、今、どうしてますの？」

母さんが父さんに聞いた。

「〈内職でもしようか〉って言ってたよ。かなりしょげてたなあ」

「人ごとではないですね」

母さんの小さな声がやけにひびく。

ただ自分が節約すればすむことではないんだ。

生活に困る人も出てくる。うちもそうだ。

でも……。まだ、すっきりしない。

「兵隊さんたちのことを思ったら、どうすればいいの?」

「わからん」

「むずかしいですね」

父さんは首をふり、母さんは畳をじっと見つめた。

和彦はそれ以来、はやしたてる遊びに加わるのをやめた。

高ちゃんも「おれもあきた」と、行かなくなってしまった。


ラケット工場の中は和彦の目にも、変ってきたのがわかる。仕事の音が前よりも静かで職工の数が減っていた。

「4人、赤紙《あかがみ》が来て、戦地へ行ったんだよ」

父さんは職工たちの座っていたところに目をやった。そこには誰も座ってもらえない4

枚の座布団《ざぶとん》が冷たそうにおいてあった。

それでも、父さんは残った職工たちと、懸命《けんめい》にラケットを作っている。

「もう、売れなくなるのに、どうして作るの？」

和彦は聞いた。

「今しか作れるときがないからだ。このラケットにはおれの魂が入ってる」

「魂？」

「おれからラケットを取ったら、なにが残る。今はラケットを作ることだけ考えてる」

父さんはいきおいよく、南京ガンナを手前に引いた。


母さんが日曜日の朝、工場の中を掃除しているとき、

「このチリトリ、柄のところがゆるんじゃって、使いにくくなっちゃったわ」

チリトリを持ち上げて言った。そのチリトリはブリキでできていて、和彦が知ってるかぎり、ずっと使っている。

「ずいぶん使ってるから、仕方ないわね。もう、寿命なんだわ。だけど、こまったわねえ。荒物屋さんはもう、閉めちゃったし」

母さんはしばらくチリトリをひっくり返したりしてながめていた。

「そうだ」

と、顔を上げた。

「あなた、チリトリがだめになっちゃったから、適当な板で、作ってくださいな」

父さんは「ああ、いいよ」と、軽く返事をした。

「今、仕事があまりないから、作ってやるよ。木は売るほどあるからね。ふふふ」

父さんは鼻で笑って、立ち上がり、道具類がおいてある棚へ行った。

いろいろなノコギリがきちんと並べてあるところから、1つ取り出すと、目立ての台（ノコギリの歯を砥ぐ台）も取り出し、床においた。そして、その前にあぐらをかいた。

歯を上にしたノコギリを台に固定すると、細長くて、目の細かいやすりで、目立てを始めた。

ノコギリの歯は小さくて、とてもたくさんある。この歯を1つひとつ砥《と》ぐのはかなり時間がかかるだろう。

仕事の始めは、まず、道具から。これは父さんのゆずれない決まりだ。ここでも、和彦は父さんのこだわりを見た。

母さんは安心したのか、奥のへやへ行ってしまった。

目立てを始めてから、2時間くらい過ぎたころ、和彦が父さんのところにいってみると、父さんはノコギリを前にして、ギイ、ギイと、目立ての作業をしている。まだ、半分にもいってない。

母さんは台所でお昼ごはんの支度《したく》で忙しそうにしているので、和彦は黙っていた。

お昼ごはんのとき、母さんが父さんに聞いた。

「チリトリできたんですか？」

「いや、まだだ」

「そうですか」

母さんはまさか父さんがまだ、ノコギリの目立てをしているとは思ってもみなかっただろう。

3時のお茶のとき、母さんは父さんに聞いた。

「チリトリはどうしました？」

「うるさいなあ。できたとき言うから、だまってろ」

「はい、分かりました」

母さんの頭の中のチリトリは完成間近の形になっていたかもしれない。でも、まだ、ノコギリの目立ては終わってなかった。

母さんはその後、ラケットに紙やすりをかけようと、工場に入ってきた。職工たちは休日だが、やすり掛けの仕事が残っていた。

そのとき、チラっと、目立てをしている父さんを見て、ギョッとした顔になった。あきれた表情をあらわにしたが、だまったまま、紙やすりを手に持った。

結局、その日はノコギリの目立てだけで終わった。

あくる日は平カンナの刃砥ぎ、3日目になって、ようやく、板に寸法の線を引き、切り始めた。

やっとでき上がったのはそれから2日後だった。チリトリができ上がるまでに、なんと、5日間もかかっていた。

この間、父さんはラケットの仕事を一切《いっさい》していなかったようだ。チリトリの制作にのめり込んでいたらしい。

「できたよ」

父さんはチリトリを母さんに見せた。

完成したチリトリはピカピカに光った頑丈そうな、立派なものだった。一目見た母さんは言い放った。

「まあ、床の間にでも飾りたくなるようなチリトリね」

そのとたん、チリトリが宙を飛び、ドン！　と床に落ちた。

「使わんでもいいっ」

父さんは作業する席に乱暴に座ってしまった。

大変だっ。和彦はあわてて、床に投げられたチリトリを手に取った。いらいらした母さんの気持ちは分かるが、一生懸命作った父さんの気持ちも分かる。それに、せっかく、この世に生まれたのに、放り出されたチリトリもかわいそうになった。

チリトリはどこも痛まずにきれいなまんまだった。

ごみを取り入れるところをなでると、すべすべして気持ちよい。柄のところもしっかりとしていた。これなら、ごみをきれいにはきよせられる。

「母さん、ここ、さわってみて、すべすべして、気持ちいいよ」

和彦は母さんにチリトリを差し出した。

母さんも〈しまった、言い過ぎた〉と、思ったんだろう。

「あら、ほんと。よくできてるわねえ。さすが、父さんね」

母さんはわざとらしく、大きな声で言った。

「ふんっ」

父さんはキセルを強く吸うと、勢いよく煙を吹きだした。


正月が終わって間もなく、泉本美容院の入口に「閉店のごあいさつ」の紙が貼られた。

3学期に入り、和彦は希美子に、「引っ越すのか」と、聞きたかったが、「引っ越す」の返事がこわくて、聞けなかった。

希美子は何事もないように3学期を過ごしたが、修了式の日、みんなの前に立った。

やな予感がする。

「転校します」と、先生が告げた。

やっぱり。引越し先はお母さんの実家、新潟だそうだ。希美子があいさつした。

「今まで、仲良くしてくれてありがとう。新潟は雪がたくさん降る所です。でも、お国のためにがんばります。さようなら」

そう言って、頭を下げた。

頭をガツンとなぐられたようなショックを受けた。

最近、東京をはなれる人がいるので、転校は珍しくはなかったが、希美子は別だ。5年生からはもう、いないのかと思うと、気落ちした。そんな感じ方は初めての経験だ。

それから、希美子が引っ越すまで、和彦はわざと遠回りをしては希美子の家の前を通った。ひょっとしたら、希美子に会えるかもしれないと、わずかな望みを持った。

1度だけ、店の横の玄関を入る姿を見かけたが、戸が閉められ、それっきりだった。

しばらくたったある日、店の壁や玄関に〈空《あ》き家《や》〉の白い紙がはられた。

胸の中がすっぽりと何かが抜けたようになった。が、こんなこと、とても恥ずかしい、非国民だ、人には言えないと、和彦はそっと胸の奥底にしまい込んだ。

そんな感情も5年生の新学期が始まると、次第に薄《うす》らいでいった。


1940年（昭和15年）5年生の7月、もうじき夏休みに入るころだった。

和彦が学校から帰ると、工場がシンと静まり返っていた。

誰もいない。電気も消えている。なぜ？

隅においてある机の上に1枚の紙切れが無造作《むぞうさ》にほうりだされてあるのを見つけた。手に取ってみると、軍からのものだった。

むずかしい字を飛ばして読み、おどろいた。

「ラケットの製造を中止し、銃床とグリップの製造に切りかえる事を命ず。詳細《しょうさい》は追って通達する」

和彦はその書類を持ったまま、居間に走り込んだ。

「父さん、父さんっ」

「大きな声を出してどうしたの?」

母さんが台所から顔を出した。

「これ、大変だね。父さんは?」

書類を振って見せた。

「親工場へ相談に行ったわ」

「これからどうなるの?」

「さあ、どうなるのかしら。母さんにはわからない。戦争に勝つためには仕方ないの」

母さんは大きなため息をつき、生まれて間もないみつ子を抱き上げた。

「ただ、軍の仕事をすれば、食べていけると思うから、心配しなくてもいいのよ」

「そんなこと言ってるんじゃないよ。ぼくは大きくなったら、父さんのようにラケットを作るって約束したんだ」

「大丈夫よ。戦争が終わればまた、始めるわよ」

「父さん、なんて言ってた?」

「〈いよいよ来たか〉って一言だけ。じっと考え込んでいたわ。つらそうだった」

和彦はいたたまれず、外へ飛び出した。

ラケットを作れない、もう、作れない。

でき上がったとき、ラケットをかざして、あちこちと向きを変える。そのときの厳しいまなざし。納得《なっとく》すると、軽くうなずく。

〈おれの魂がラケットに入ってる〉〈おれからラケットをとって、何が残るんだ〉

そう言って、作業をしている父さんの姿が目に浮かんできた。


和彦の足は中学校のテニスコート場に向っていた。

2面並んでいるテニスコート場には誰もいなかった。今までは誰かしらテニスに興じて、ボールがはじく心地よい音と歓声と笑い声があった。

白いシャツと白いズボン姿でラケットを振る父さんを見ることはもう、できない。

風が和彦の坊主頭の上をサッと通りすぎ、コートの砂を舞い上がらせた。

以前、父さんがテニスを〈ムダなもんか、戦争に合わないだけだ〉と言っていたのを思い出だした。

戦争に勝つためには国民一丸となって戦わなければいけない。そのために、ラケットを捨てる。でも、でも……。なんだか、こんがらがってきた。

そうだ。父さんは腕のいいラケット職人として、勝つために立派な役目を果たす。そう、考えればいいんだ。

和彦は自分に言い聞かせると、頭の中がすっきりしてきた。

「なんだ。来てたのか」

不意に声をかけられ、振り向くと、父さんが笑って立っていた。

「やっぱりテニスは戦争に合わないんだ」

和彦が言った。

「そのようだな」

「勝つために？」

「うん、仕方ないさ」

父さんは右端の口を少し上げ、うす笑いをした。

「日本は神の国だから、すぐ勝って終わるよね。それに、父さんが戦地に行かなくても、戦争に勝つよう、立派な役目をするんだからいいんだよね」

「うん、そうだな」

「戦争に勝って終われば、ぼくは父さんみたいにラケット作りの名人になりたい」

和彦は父さんを見上げた。

父さんはテニスコートに目を移した。

「名人だなんて、名が残らなくったっていいんだ。技さえ残れば」

「どうして？」

和彦は不思議に思った。

「名前を残そうと思えば、邪心《じゃしん》が生まれる。邪心は技には禁物《きんもつ》だ。向上心がおろそかになるからな」

「そうなんだ」

「ラケットはまだまだ改善しなければいけないと思ってる」

「今で十分でしょ?」

「いや、十分という言葉はおれにはない」

「えーっ、ほんと?」

「今のラケットは折れやすいのが最大の欠点だ。だから、折れにくいものにしなければならない。戦争が終わったら、父さんはそこを研究したいと思っているんだ」

父さんはテニスコートの一点を見つめた。

それから和彦の肩に手をおき、ぐっと引き寄せた。

「いっしょにラケット作ろうな」

「うん、ぼく、がんばるよ」

風がだれもいないコートの砂を巻き上げ、小さな渦をつくり、すべっていく。

和彦はその風になんとも言えない不安を感じた。

2人が帰宅したとき、父さんは工場の入り口にかけてある看板をじっと見つめた。

「看板はずすの?」

「いや、ここはラケット工場だ」

きっぱり言うと、ガラス戸を勢いよく開け、入っていった。

4　足で泣く

2日後、親工場から銃床とグリップの設計図と材料が運ばれてきた。仕事の進め方として、職工は関田さん1人だけ残ってもらい、父さんと母さんの3人で製作に取りかかる。でき上がった製品は親工場に納めることになった。

このところ、職工のほとんどが徴兵《ちょうへい》されていて、曲げ屋のベテラン職人田代さんもそうだった。残った2人のうち1人は親工場で働かせてもらう約束がとれた。後の1人、柏木さんはアメリカへの輸出を手がけた外交員。機械の操作《そうさ》は苦手だということで、他の仕事を見つけてもらうなど、なんとか失業させずにすんだ。

関田さんに今まで赤紙が来なかったのは小柄で、きゃしゃな体つきなので、徴兵検査《ちょうへい》では丙種《へいしゅ》だったかららしい。

関田さんは尋常《じんじょう》小学校を卒業するとすぐ、見習いとして、この工場に入り、13年間、父さんからみっちりと仕込まれた人だ。

真面目な性格で、頑固な父さんに反発もせず、修行してきた。そのかいもあり、今はいっぱしの職人となっていた。

父さんが1人残す職工を関田さんに選んだのも、自分で育てた職工だから、自分の子どものように思っていたからかもしれない。

自宅は工場からほど近く、母親とふたり暮らしをしている。

母さんは〈良いお嫁さんを〉と心配し、お見合いの相手を紹介したが、縁がなかった。


作業開始の前の晩、きれいにかたづけられた工場に父さんが一人でいた。いつも座る自分の座布団にあぐらをかき、キセルを手に持っている。

和彦はその横顔を見て、息が止まった。

キセルに火がついてなく、宙を見ているようで少しも動かない。和彦が見ているのにまったく気がついているようすもない。

そっと、へやにもどり、継《つ》ぎ物をしている母さんに言った。

「父さん、考えごとしているみたい」

「そっとしておいてあげなさい。戦争に勝つためとはいえ、父さんにはつらいことなの」

「やっぱり、ラケット作りたいんだよね」

「そりゃあそうよ」

「戦争に勝って終われば、ラケット作るって、言ってたのに」

「そう簡単にはいかないのよ」

「どうして?」

「職人が今まで通り揃うかはわかんないわ」

「大丈夫だよ。みんな戻ってきてくれるよ」

「さあ、どうかしら」

「どうして?」

「もう、〈どうして?〉は終わりよ。これ以上聞いてはだめ」

母さんは工場にいる父さんを気づかっている。

「それからね」

母さんはいつになく厳しい表情で言った。

「父さんが考え込んでいることを絶対、誰にも話してはだめよ。わかった?」

「う、うん。いいけど、どうして?」

また、〈どうして?〉と、聞いてしまった。

「子どもにはむずかしい話ね。だから、母さんの言うとおりにすればいいのよ。いいわね。

「絶対よ」

〈絶対〉と、きつい調子で念を押され、「はい、わかりました」と、うなずくしかなかった。母さんの真剣な眼差しは飲み込めないかたまりとなって、胸につかえた。

大人の世界は、もやがかかり、その向こうを見ようとしても見えない、不安なものに感じた。

朝はいつも和彦と父さんは6時に起きて、庭で体操し、体をほぐす。それから、父さんは新聞を読み、和彦は勉強をする。

朝食は7時にとり、身支度をすると、和彦は学校へ、父さんは工場に入る。

職工たちは7時半には出勤し、仕事の準備に取りかかり、父さんといっしょにモーターのスイッチを8時に入れる。

だから、母さんは明け方の3時に起き、洗濯や食事の準備に追われている。

1日の始まりはこんなふうに、いつも決まったやりかたで、流れていた。

今まで、その流れを変えようとした者は一人もいなかった。

ところが、その日はどうしたことか、父さんが6時になっても起きてこない。今日から新しい仕事が始まるというのにだ。

母さんは気をもんで、父さんを起こした。

父さんはふとんをかぶったまま、顔を出さない。そんな父さんの姿は今まで一度も見たことがなかった。

和彦も心配になり、声をかけた。

「父さん、具合でも悪いの？」

「うん」

「母さん、父さん、具合が悪いって」

「どうかなさったんですか？」

母さんがふとんを少しめくると、父さんはまぶしそうに目をかたくつむり、

「体がだるい。今日は休む」

めくられたふとんをまた、かぶってしまった。

「お医者をよばなくちゃあ」

母さんはあわてて立ち上がった。

「呼ばなくていい。寝てればなおる」

ふとんの中から、父さんの声が。

「でも……」

「いいんだ。ほっといてくれ」

「困ったわねえ」

父さんは言い出したら聞かない人だ。

母さんはそれ以上何も言わなかった。

関田さんがいつものように出勤してきた。

母さんは何やら小声で関田さんに言うと、関田さんは父さんの枕元に座った。

「親方、具合はどうですか？」

「調子が悪いから、今日は帰ってくれ」

父さんはふとんをかぶったままだった。

「わかりました。大事にしてください。明日、また、来てみます」

父さんからの返事はもう、ない。

工場で、母さんとなにか話した関田さんは帰っていった。

父さんはその日は食事と便所以外は1日中、ふとんにもぐり、誰とも口をきこうとはしなかった。

食事をするといっても、みんなといっしょに食べず、後で1人で食べていた。食欲もあまりないらしく、食べ残していた。

悪い病気だったらどうしよう。

「きっと、1日寝れば元気がでるわ。それより、ゆうべ、母さんが注意したこと忘れちゃあだめよ」

母さんから、また、しつこく念を押された。

あくる朝も、父さんは起きなかった。

関田さんは出勤したが、なにか母さんと話をし、帰っていった。

母さんは時どき、父さんの寝ている部屋のほうに目をやっては、ため息をついていた。

シンと静まり返った工場はまるで、知らない場所のようだったし、父さんが寝込んだ姿など、今まで見たことがない。

いったいどうしたんだろう。

誰もいない工場で1人、火のついてないキセルをもったまま、どこか一点を見つめていた父さんの姿。

母さんの〈父さんのこと、絶対誰にも話してはいけない〉と言ったときの厳しい顔。あんな母さんの顔は知らない。

和彦には、仕事が変わったことだろう、ぐらいしか、わからなかった。

3日目の朝、やっと父さんはいつもの時刻に起きだした。

「もう、お加減はいいんですか？」

母さんの問いに父さんはウッと小さく返事をしただけで、庭に出て行った。

和彦はその後を追って飛び出した。

「父さん、治って良かったね」

笑顔を向けたが、父さんはウンとかすかにうなずく以外は口を開かない。

口数が少ない父さんだからそんな態度を気にするどころか、手足を動かし、体操をしている姿を頼もしく見えた。

出勤してきた関田さんは仕事の準備をしている父さんを見て、

「良かったですね。起きられて。ほんとに良かった良かった」

顔いっぱいに笑みを浮かべ、何度もうなずいている。

たった2日間寝ただけなのに、関田さんの態度がとても大げさに見えて、和彦は吹き出しそうになった。

関田さんがなぜ、そんなに喜んだのか、和彦には知る由もなかった。しかし、それを知るのに、それほど時間はかからなかった。

その日は1学期の修了式だった。

和彦は学校から帰ると、工場のガラス戸を勢いよく開けた。夏休みに入ったうれしさと、どんな物を作ったのか早く見たかったので力が入ってしまった。

「ただいまーっ」

一歩、中に入った瞬間、ヒヤッとした冷たい空気が感じられた。

「おかえり」

父さんの力のない返事が返ってきた。

工場の中は関田さんの姿は見えず、電動ノコも動いていない。床にも木屑《きくず》のかけら一つ落ちてない。

「あれ？　もう、仕事終わっちゃったの？」

父さんは仕事場であぐらをかいていた。

「どんなもの作ったの？」

父さんからは返事がない。

目をつむり、髪の毛1本すら動かなかった。

「作らなかったの？」

やはり、何も返ってこない。

「どうして？」

「うるさーい！　出て行けー！」

突然の大声が和彦にぶつかり、全身がギクッとけいれんし、固まってしまった。

和彦をにらみつけている父さん。２人の間にピンと張られた糸。

「ぼくだって、心配してるのに」

和彦は茶の間にダッと駆け込んだ。目に涙がたまってきた。

「だから、そっとしときなさいって、母さん、言ったでしょ？」

泣くのを我慢しようと思っても、勝手に涙が出てくる。

親工場の社長が来た。小柄で痩《や》せぎすな社長は愛想《あいそ》がよい。

「やあ、どうもどうも。こんな事態になっちゃって、われわれ、大変ですなあ。調子はどうです？　なにせ、作る物が変わっちまったからねえ。どんな調子かと、各工場をまわってるんですよ。みんな、勝手がちがっても、なんとか形にしてるようですがね」

「はあ、それが……」

母さんはとまどったようすで、手をもんでいた。母さんと並んで立っていた父さんが口を開いた。

「申し訳ありません。作ってないんです」

「なに？」

社長は意味が飲み込めないようすだ。

「どうしても、手が……動かないんです」

父さんが右の手の平を握ったり、開いたりした。

そのつらそうな姿を見た和彦に大きなショックが走った。

「あんた、そりゃあ、ほんとかね」

社長はあたりを見回し、声を落とした。

「大変だ」

目をまん丸にしたまま、言葉が出ない。

「申し訳ありません」

父さんと母さんが揃《そろ》って頭を下げた。

社長は父さんに顔を近づけ、声をひそめた。

「なにしろ、この非常時だ。軍に逆《さか》らったら、どうなるか、わかってるんだろうね」

「そりゃあ、お国のために一生懸命働かなければ恐ろしいことになるってのはわかっています」

「だったら、作ればいいじゃないか」

「自分でも分からない。ラケットを作っているときはあんなに動いた手がどうしてもいうことを聞いてくれないんです」

父さんはまた、手の平を握ったり、開いたりしている。

「困るよ。下手すれば、あたしのほうにもトバッチリがくるかもしれないからね」

社長が、辺りのようすをうかがうように首をのばし、ガラス戸ごしに外をのぞいた。それから、また、父さんに顔を近づけると、さらに小さい声で言った。

「軍がようすを見にくるんで、報告しなきゃあいけないんだよ。だから、1ダース（12本）でもいいから、作ったらどうかね。ここだけの話だけどね。そんな丁寧《ていねい》にしなくてもいいんだよ。そうすりゃあ、あたしがなんとか上手くするからさ」

「はあ、申し訳ないです。なんとか、がんばってみます」

父さんが頭を下げた。

「それじゃあ、明日、日曜日だけど、あたしがいるからさ。夕方5時までに持ってくるんだよ。待ってるからね」

社長は念を押し、帰っていった。

父さんは苦しんでいたんだ。だけど……。

和彦はおどろいた。が、すっきりしないものがあった。

戦争に勝つために、立派な役目を果たそうと、この間、話したばかりじゃないか。

ラケットは戦争が終わってから作れるのに。今、1億火の玉になって、がんばらなくちゃいけないときだ。なんで、悩むんだ。

それに〈恐ろしいこと〉って？

和彦は首をひねった。

父さんは設計図を前に座った。1時間、2時間経過しても動こうとしない。そのまま、日が暮れてしまった。


夜、和彦が眠っていたとき、茶の間で両親のヒソヒソと話す声がし、目が覚めた。

和彦はふとんに入ったまま、聞き耳をたてた。

「もう、これ以上待てませんよ」

「今まで、人に喜んでもらえるものを作ってきたんだ。いくらお国のためとはいっても、人殺しの道具なんぞ、おれはハイハイと二つ返事で作れない」

「今、戦争中なんですよ。仕方ないじゃありませんか。どうするおつもりですか？」

「……イヤでも作るしかないだろう」

「それでは明日からお願いしますよ」

「体が動かんかもしれん」

「あなたに、もしものことがあったら。どうするんですか。あなただけではすまないんですよ。あたしはいても立ってもいられないんです。作ってください」

「……」

「わかりました。明日、関田さんが来たら、関田さんに作ってもらいます。あたしもやります」

「お前が電動ノコを使えるわけないだろう。大根切るのとはわけがちがう」

「あなたがやらないんなら、あたしがやるしかないでしょ？」

「じょうだんじゃない。無理だ。指を落としたら、どうする」

「無理をさせるのはどなたでしょうか」

「体が動かないんだ。仕方ない」

「お国にそむくなんて、あたしは絶対できません」

「勝手にしろ」

「そうさせていただきます。あなたは自分のことしか考えない人。なさけない」

そこで、話がとぎれた。やがて、

「お先に休ませていただきます」

母さんの声がして、隣のへやのふすまが開き、閉まる音がした。

父さんは人殺しの道具だからと、作りたくなかったんだ。

「もしものこと」ってなんだろう。〈恐ろしいこと〉とも言っていた。ひょっとして、父さんが警察に捕まるんだろうか。

母さんが〈待てない〉と、言った意味はこういうことだったのかもしれない。大変だ。

心臓がドックン、ドックンと激しく動き出した。

ふっと、駄菓子屋のおばさんが〈お国が決めたことに文句を言ってはいけない〉と言っていたのを思い出した。

おばさんが言ったこと、今、わかった。

和彦は眠気がすっかり覚めてしまった。

あくる日、社長との約束があるのに、父さんは起きない。

休日にもかかわらず、出勤してきた関田さんに母さんは自分の決意を告げた。

ところが、関田さんはそれを拒《こば》んだ。

「奥さん、それはできませんよ。おれは親方の命令で動く人間なんです。親方が動かないのに、勝手に作るわけにはいきません」

「でも、急いで作らなかったら、どうなるか、わかるでしょ？」

「エー、まあ……」

「いくら作りたくないったって、絶対やらなきゃいけないの」

「そうですが……」

「きっと、主人は気がおかしくなっちゃったのよ。もう、待てないの。お願い、助けてちょうだい。お願いします」

母さんは関田さんの足元にひれふした。

和彦は母さんが夕べの話を本気で実行しようとしていることがわかった。

「奥さん、頭を上げてください」

関田さんは母さんをあわてて起こし、

「困りましたねえ。うーん、どうしよう」

しばらく考え込んでいた。関田さんが顔を上げた。

「確かにせっぱ詰まってますから、イチかバチかやってみましょう。ただし、おれは親方ほどの腕はありませんから、結果はどうなるかわかりませんけど」

「ありがとう。できばえは気にしないでください。今は作ること。それだけ考えて作りましょう。本当にありがとうございます」

母さんは関田さんに深々とおじぎをした。

和彦は家の中が緊迫しているのに外へ遊びに行く気も起きず、工場に入った。

「初めに型見本を作るんですが、なにせ、初めて作るもので、どうなるか」

「申しわけないわね。恩にきますよ」

「いや、奥さん、気にしないでください。おれは親方を尊敬しています。親方なら。悩むのは当たり前です。ラケット一筋の人ですからね」

「そう言っていただくと、うれしいけど、今、それを言ったらだめ。仕事、仕事」

母さんにせかされて、関田さんは設計図の前に立った。

しばらくして、
キュイーン　キーーン
久しぶりの音。電動ノコが動いた。心地よい音だ。

この音が父さんを救ってくれる。関田さん、ありがとう。

和彦はいてもたってもいられず、関田さんの作業を見ていた。

お昼近くになって、やっと型見本ができた。関田さんは相当苦労したらしい。特に、グリップに横縞の溝を彫る作業は投げ出したくなるくらいだったそうだ。

横縞の溝は銃を撃つとき、手の滑り止めの役目があり、本数と、深さは自由だった。

「さあ、本稼動《ほんかどう》だ」

関田さんは額の汗を腰にぶら下げた手ぬぐいの端でぬぐった。

「和ちゃんも手伝ってね」

関田さんに言われ、和彦は「もちろん」と、こたえた。

母さんが角材を寸法通り《すんぽうどおり》の大きさに切り落とす。関田さんが形を作り完成させる。和彦は母さんが作った角材を関田さんのところに運んだり、完成したものに紙やすりをかける。手が空いたときは木屑や切れ端を掃除する。自分だって、役に立つんだ。責任と緊張で、大きく深呼吸をした。

作業の中で、一番の問題は母さんだった。

みつ子はよく眠っているからと、身軽で工場に入ってきた。もんぺにかっぽうぎ姿もりりしく、電動ノコの前に立ったとき、母さんは身震いをした。

ほんのわずかの間違いで、指を落としかねない。

電動ノコを一度もさわったことがないのに、できるのだろうか。

関田さんから操作の仕方を教えてもらっているうち、母さんの顔が緊張のためか、赤くなってきた。

「さあ、始めましょう」

「はい」

関田さんの号令で母さんは前に1歩進み、スイッチを入れた。

ウイーン

モーターがうなり、ベルトが回りだし、電動ノコも回り、高速になった。

母さんは練習用に20センチぐらいの細長い角材を台の上にのせた。角材の両端を持ち、おそるおそる前に突き出した。そのとたん、ノコが、ガガガガッと、少し削った。

「ヒーッ」

母さんの声。どこから出たのか。和彦はプッと吹き出した。

関田さんも笑いをこらえている。

「笑わないでっ。母さん、必死なのよ」

「ごめんなさい」

和彦は両手で口をおおい、笑った。

「切るときは一気に切らないと、断面がギザギザになりますからね。さあ、しっかり持ってください。放しちゃいけませんよ」

関田さんが後ろから手を出し、角材を握った。そのときだ。

「ハルは後ろに下がれ」

後ろで野太《のぶと》い声がした。

3人が振り返ると、いつの間にか、作業服に着替えた父さんが立っていた。

「おまえじゃ、無理だ」

父さんは母さんを押しのけ、電動ノコのスイッチを切った。

「関田、倉庫からラケットが入っている箱を出すから、こい」

「ラケットをなにするんですか?」

「いいから、こい」

「はい」

関田さんは首をひねり、父さんの後についていった。

2人が運んできた木箱はラケットのワクが3ダース(36本)入っているものだ。それを3箱出してきた。

ラケットの製造中止がされたとき、残っていたものを処分するのは身を切られる思いがするからと、箱に入れ、倉庫に隠しておいたものだ。

父さんは電動ノコの前に立ち、スイッチを入れた。

電動ノコのベルトが回り始めた。

「戦争が終わったら、開けるつもりだったんだけど、仕方ない」

父さんは大きな釘抜きで木箱に打ちつけられた釘を抜き、ふたを開けた。

「親方、まさか」

「こんなものがあるから、おれの迷いがふっ切れないんだ」

ラケットを取り出すと、いきなり柄のところに高速の電動ノコを当てた。

「ヤーッ！」

叫びとも、かけ声ともつかぬ声と、
キーン！

電動ノコのするどい音が工場にひびいた。

「アッ」

みんな一斉に叫んだ。これが父さんの返事だった。

「親方！」

関田さんが叫んだ。

「ヤーーッ！」

腹の底から飛び出すような叫び声と電動ノコの金きり声が出るたび、ラケットの形が失せていった。

「親方っ、どうして切っちゃうんですか？　大事なもんじゃなかったんですか？」

「今は邪魔《じゃま》もんだっ」

父さんは顔も上げず、次のラケットに刃を当てていった。

「あなた、気でも狂ったんですか？　やめてくださいっ」

母さんもさけんだ。

「うるさいっ。ヤーッ、ヤーッ！」

キーン、キーン！

母さんは手で顔をおおった。

和彦はおどろきのあまり声も出ず、ただ、父さんの後姿を見ていた。

ラケット作りはあきらめたんだろうか。

「戦争が終わったらラケットを作ろう」と、テニスコートで話したときのようすを思い出した。あのときの父さんの目には希望があった。それなのに、今、目の前にいる父さんはいったい、どうしたんだろう。何日も悩んでいたから、母さんが言ったように、頭がおかしくなったのだろうか。

父さんの足元を見たとき、目が釘付けになった。足が細かく震えているのだ。

足で泣いている。涙を流さず、足で泣いている！

いつも真剣に愛情を込めて作っていたラケット。それを自分の手で切り刻んでいる。その叫び声がせっぱ詰まった断末魔の声に聞こえた。

そうだよ。一番泣きたいのは父さんだ。魂を入れたラケットを切らなければ、この苦しみからは抜けられないし、銃床は作れない。父さんが考え、考え抜いた決意だったのだ。この作業を早く終わらせれば、気分が楽になるにちがいない。

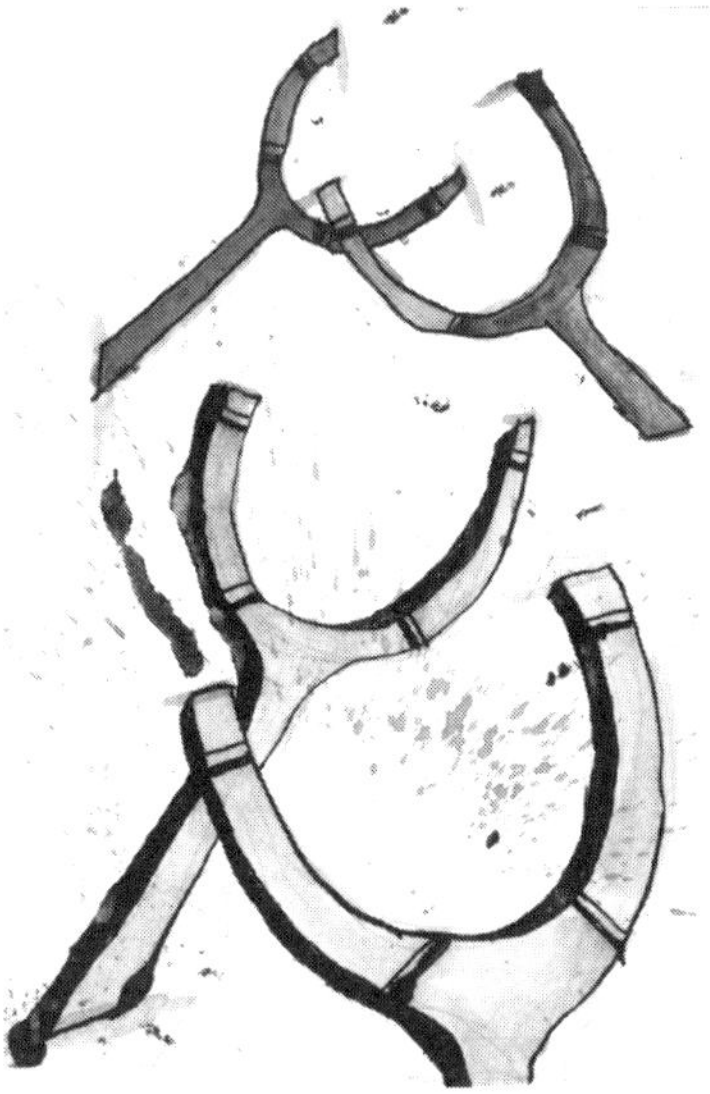

和彦は箱の中のラケットを取り出し、父さんにそっと渡した。一瞬、和彦を見た父さんの顔は真っ赤で目も赤くなっていた。が、だまって受け取り、次々と力を込めて切り落としていった。

「関田、別の箱をやれ」

「はい、でも……」

「ばかやろう。言われたとおりにしろっ」

「はい」

呆然《ぼうぜん》としている関田さんに背を向け、母さんにも言った。

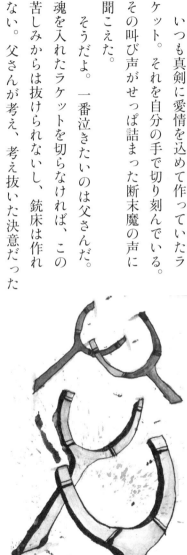

「切り落としたものをかたづけろ」

「はい」

かすれた声で返事をした母さんはかっぽうぎの裾《すそ》で、涙をふくと、切り落とした木片を拾い木箱に入れた。

関田さんも勢いをつけ、「エイッ」と、ラケットを電動ノコに当てた。ふるえる唇をぐっと噛みしめ、時々、ゆがめた顔を手ぬぐいでふいている。

そのとき、みつ子が目を覚まし、大きな声で泣きだした。

母さんはあわてて、へやへかけ込んでいった。

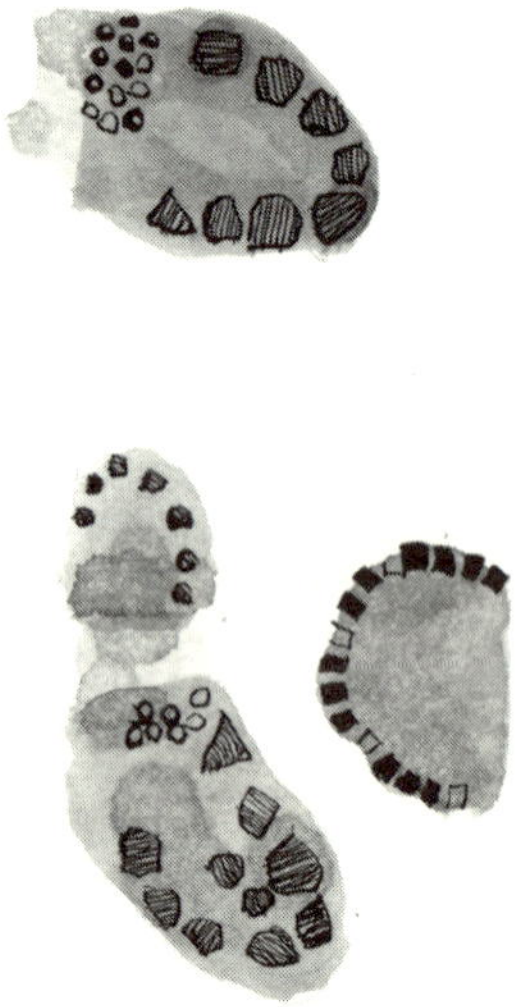

5　土足の泥

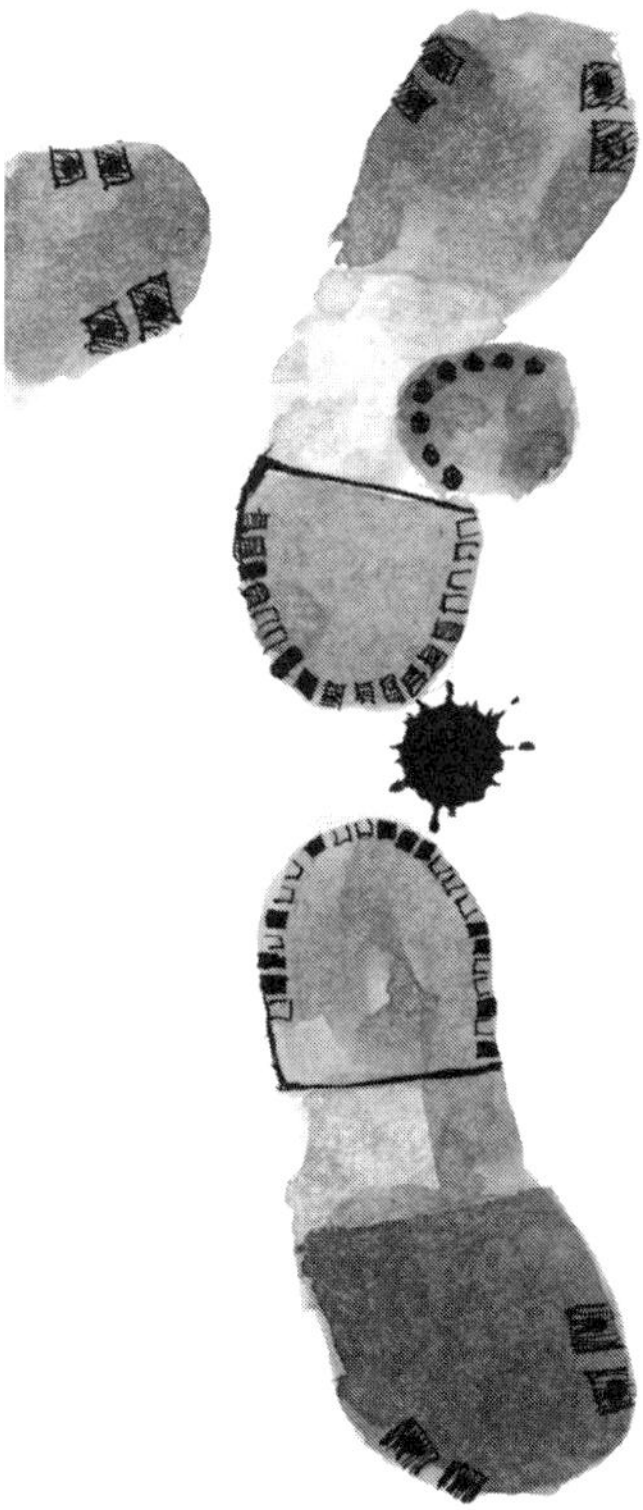

工場の中にラケットの姿は跡形《あとかた》もなく消えた。みんな肩を落とし、うなだれている。まるでふぬけのようだ。今までの知恵も情熱も労力も、そして、魂までも、すべて切りきざんでしまった。

しばらくして、父さんが口を開いた。

「みんなに心配をかけてすまなかった。これで、おれの気持ちに整理がついた。さあ、銃床を作ろう」

父さんがやっと、号令をかけた。

「はいっ、やりましょう」

関田さんが真剣な表情で答えた。

「そうですね。始めましょう」

母さんはエプロンの裾で、額《ひたい》の汗をぬぐい、ハッと顔を上げた。

「そうだわ。急がなきゃあ、たいへん」

時刻はすでに午後1時になろうとしていた。5時までに親工場に持っていかなければなならない。

忘れていた昼食を早々にとり、関田さんが作った型見本を基に関田さんが荒削り、父さんが仕上げ、母さんが紙やすりをかける。和彦は関田さんが作ったものを父さんに運ぶ。木屑《くず》をかたづける。こんな段取りを決め、みな一斉に自分の持ち場についた。

和彦はこれから始まる新しい仕事に胸の高鳴りを覚えた。

母さんはみつ子をおんぶして、作業についた。

すでに時計はもうすぐ2時だ。1ダースを仕上げねばならない。

しかし、慣れない作業は思うように早く進まない。特に、グリップの溝彫りは手で彫るしかなく、手間のかかる作業だった。

会話もなく、手だけを動かしていた。

キュイン、キュイン、ギュイーン。

柱時計がやけに気になる。和彦には、いつもより早く時計の針が進むように見えてしまう。時計が意地悪しているようにさえ、感じた。とうとう、4時に。

「とても5時までにおさめられない。銃床とグリップの形だけ先に作ろう。溝彫りは夜にして、明日の朝、持っていけばいい」

父さんの提案に関田さんが言った。

「親方、おれ、残業しますよ」

「悪いけど、頼む」

また、作業が始まった。そして、10時も回ったころ、ようやく1ダースの銃床とグリップができた。

母さんも大変だった。みつ子の世話で、へやを行ったり来たりしていた。

その夜、安心感と疲れで、みな、ぐっすり眠った。

ダンダン　ダンダンダン
「森池さん、森池さんっ」
工場のガラス戸をたたく音が深い眠りの中でかすかに聞こえた。
ダンダンダン　ダンダンダン
「森池さん、森池さん」
その声がだんだん大きくなった。
薄日《うすび》が雨戸の隙間《すきま》からさしこんでいる。

和彦は今何時だろうと、柱時計を見ると、5時30分だった。変な時刻に起こされ、頭がぼーっとしている。

早起きの母さんは昨日の疲れで、寝過《ねす》ごしてしまったのだ。

隣のへやをのぞいた。

父さんは工場へ行った。母さんは手早く身支度をしている。

「いったい誰だろう。人の迷惑も考えずに」

「あんたは心配しなくていいのよ。そのまま、寝ていなさい」

「どちらさまで」

工場で父さんの声が聞こえる。

「警察の者だ。早くあけろ」

和彦はビクッとして、母さんを見た。

「いいから、寝てなさい。出ちゃだめよ」

母さんはキッと固い表情で、和彦を見据《みす》え、へやを出て行った。

ガラガラガラガラッ

ガラス戸を開ける音がする。

「荒川警察のものだ。聞きたいことがある」

低い声がした。

「はい、なんでしょうか」

「国家総動員法にそむき、銃床並びにグリップを製造していない疑いがある」

「いいえ。作っておりますが」

「何を言ってるか。まだ、1つも納入してないじゃないか」

男の声が高くなった。

「すでにでき上がっておりまして、今日、朝のうちに収める予定にしてたんです。製品をお見せいたします」

和彦はそっとへやから抜け出し、工場のようすをうかがった。

入り口近くに警察官が2人、私服の男1人と、3人が立っていた。3人とも、土足だった。

私服の男はきっと、トッコウ（特高警察）だ。もし、父さんが連れていかれたらどうしよう。恐ろしさに震えがきた。

父さんは昨日みんなで作った製品の箱を開け、銃床とグリップを取り出した。

「これです。これを今朝、持って行くつもりでした」

特高が父さんの手からグリップを取り、手首をまわし、じっと見た。

「でき上がったものは他にもあるのか？」

「いいえ、これだけです」

「なんだ、これだけか？　おかしいじゃないか。材料が運ばれてきてから、もう、4日もたってるんだぞ」

「はあ」

「他の工場じゃあ、ドンドンおさめてるぞ」

「それはですね」

母さんが言った。

「いいものを作ろうと、いろいろ研究していたんです」

「証拠があるのか?」

「はい、あります」

母さんは関田さんが作った銃床とグリップの型見本やグリップの失敗作を出した。

「なんだ、これだけか」

父さんがグリップの失敗作を手に取った。

「グリップの溝がとてもむずかしくて、気に入ったようにはできなかったんです」

「それにしても、少なすぎる」

「わたしは今まで、いかに使いやすいラケットを作るかを追求してきた人間です。ここで、急に違うものを作れと言われても、そう、簡単には作れません」

男たちがいっせいに父さんを見据えた。

「なにっ。作る気が起きなかったのか?」

「いいえ。お国のために作らなければいけないのは重々分かってるんですが、慣れないので指が上手く動かなかったんです」

「言い訳はいらない。たったこれっきりしか作ってなかったということは、作る気がなかった証拠だ。いやいや作ろうとしたから、指が動かなかったんだろう」

「いいえ、そんな……」

「いろいろ聞きたい。署まで来てもらおう」

父さんがつれていかれる。

和彦の全身が心臓になったように、ドキッ、ドキッと鳴った。

「ちょっとお待ちください」

母さんが割って入った。

「主人は体の具合も悪くて、寝込んでいたんです」

「なまけ病だろうが」

「とんでもございません。必死に取り組みましたら、腰を痛めてしまいまして、起きられなかったんです。昨日、やっと良くなりましてね。なにしろ、慣《な》れない仕事ですので、段取りが悪くて」

母さんの口から歯切れよい言葉が流れ出した。

「せっかくお仕事をいただいたのに、申し訳ありませんでした。でも、昨日、必死で作ったんです。このできばえごらんください。いかがですか？　主人は口下手ですけど、腕のほうは誰にも負けないつもりですよ。ていねいな仕事をするんではラケット業界では、ちょっと、名が知れてるんですの。ほっほっほっほ」

警察官たちはそれぞれ製品を手に、ひっくり返してはながめた。

特高も手に持ち、

「作りはまあまあだな」

作りの良さを認めた。

父さんはホッとしたようすで言った。

「製品には自信があります。ていねいに作ればそれだけ時間がかかるのです」

「そうですよ。お国からいただいたお仕事をおろそかにはできませんからね。心を込めて作らせていただいたんです。他には負けません」

母さんも必死だ。父さんがグリップの溝を指差した。

「この溝を彫るのに手で彫らざるを得ませんでした。でも、これでは、一定の形には彫れませんし、時間がとてもかかって苦労しました」

「逃げてもだめだぞ。こんな少ない数で、おれをだませると思ってるのかっ」

ドン！

特高は靴で床をけった。

「わたしは職人です。自分の腕に誇りを持っています。何を作るんでも精魂《せいこん》込《こ》めて作るのがわたしのやりかたです」

父さんは真っすぐと背筋《せすじ》を伸ばした。

「下手なものを作ればラケット職人の名がすたります」

「フン、いっぱしなこと言うな」

「主人はとっても凝り性《こしょう》なんですよ。本当です。親工場にでもお聞きになってください。なんでしたら、これから作る製品をごらんになったら、いかかですか？　これよりもっといいものをお見せできますから」

特高は母さんを無視し、警察官に命じた。

「工場の中を調べろ」

２人の警察官は左右に別れ、道具や木箱の中を調べ始めた。

「これはなんだ？」

１人の警察官が木箱をのぞいた。切り落としたラケットの木片が入っている箱だ。

「ラケットを切り落としたものです」

父さんが答えた。

「ラケットが形のままあれば、わたしの気持ちがふんぎれません。それで、切り刻んだのです」

特高はニヤリと白い歯を見せた。

「それで、ふんぎりがついたのか？」

「はい」

「いつだ？」

「えーと……」

「1週間前です」

母さんが答えた。

「1日2日前じゃないのか?」

「とんでもありません。1週間前です。工場が新しい体制になるんで、もう、ラケットは邪魔ですから、切ったんです」

「奥さんはだまってて、いただこうか」

必死で父さんを守ろうとした母さんの口を特高は封じた。

「製品の数が少な過ぎる。どう言おうと、すぐにとりかかったとは思えん」

「でも、作ったんだから、いいじゃありませんかっ」

なおも母さんは食い下がった。

「積極的に作ったのと、いやいや作ったのとでは訳が違うな」

「わたしは一生懸命作りました」

父さんは特高を真っ直ぐ見た。

「主人はとてもまじめな人なんです」

特高は2人の言い分を無視した。

「奥さん、ご主人の着替える洋服をもってきてください」

「えーっ」

「早くしてくださいっ」

「そんなあ、一生懸命作ったのに」

「つべこべ言うな！」

うろたえる母さんに突き刺《さ》さる激しい言葉。

母さんがふらふらとした足取りで、へやに入ってきた。

「母さん、父さんどうなるの？」

和彦はそっと聞いた。

「さあ」

母さんは震える手で、タンスから父さんの洋服を取り出し、それを抱え、また、危ない足取りで出て行った。

「森池さん、署まで、ご同行願おうか」

特高は着替えた父さんの腕にガチャリッ、手錠を掛け、胸をそらした。

和彦は思わず、目をぎゅっとつむった。

「お待ちくださいっ。ほんとに主人は一生懸命作ったんですっ」

母さんの必死の訴えに、特高は「ふん」と見下《みくだ》したように、鼻で笑った。

「なまけたのはお見通しだ」

父さんの背中をグイと押した。

「行くぞ」

「あなた！」

母さんが叫んだ。

「おれは大丈夫だ。後を頼む」

母さんの必死の呼びかけに父さんはうなずき、背を向けた。

和彦の怒りが爆発した。

なんて、ひどい奴だ。大事な父さんをっ。

「父さんを連れていくなーっ！」

和彦が飛び出した。

おどろいた特高が振り向き、和彦を見た。

「なんだ。小ぞうか」

そう言うと、すぐ前を向き、父さんの背中をまた押した。

「ほれ、歩け」

父さんと特高たちが外へ出ようとしたとき、和彦が駆けより、父さんにしがみついた。

「つれていくなーっ。父さんは一生懸命仕事をしたんだっ」

和彦は夢中だった。

「なんだ、こいつはっ」

特高は和彦をはがそうとしたが、和彦は必死で、父さんにしがみついた。

警察官が2人がかりで、和彦を無理矢理はがし、そのまま、投げ飛ばした。

「あっ」

和彦の体は勢いよく飛んだ。

左手の甲が何かにこすられ、強い痛みを感じた瞬間、床にたたきつけられた。

「和彦！」「和彦ーっ」

父さんと母さんの声が重なって聞こえた。

母さんがかけより、和彦を抱きかかえた。

「大丈夫？」

「手がいたい」

和彦はやっと答えた。

「えっ？　手？」

母さんが和彦の左手を見て、

「まあ、大変、血が」

和彦が着ている寝巻に血がたれている。

急いで、かっぽうぎの裾で和彦の手を押さえた。かっぽうぎは見る間に赤く染まっていった。

「ちょっと、寝てなさい」

母さんは和彦を床に寝かすと、手早く、かっぽうぎをぬぎ、それを和彦の手に、ぐるぐると、巻きつけた。

そのとき、みつ子が目をさまし、泣き声が工場までひびいてきた。

「何だ、赤ん坊か」

特高がへやの方に目を向け、母さんにアゴを突き出した。

「ほら、赤ん坊が泣いてるじゃないか」

しかし、母さんは立とうとはしなかった。特高に向かって、どなりつけた。

「なんで、こんないたいけな子どもに乱暴するんですか！」

「ふん、なにが〈いたいけ〉だ。捜査の邪魔をしたくせに。なまいきなやつだ。もし、お前が大人だったら、とっくに逮捕だ。今日は見逃してやるが、今度、はむかうなら、ようしゃしないぞ。よくおぼえておけっ」

父さんが「大丈夫か？」と、和彦のほうに行こうとしたが、警察官が止めた。

「なぜ、止める！」

父さんがそれでも和彦のそばに行こうとしたとき、いきなり、特高が父さんの顔をなぐった。

ふいをくらって、父さんがドッと倒れた。

「なにをする！」

父さんが不自由になった両手を振りおろした。

みつ子は激しく泣き続けている。

母さんは奥の方を心配そうに目を向けたが、行こうとせず、父さんを真っすぐ見た。

「あなた、大丈夫ですか？」

「お前は罪人だっ」

「わたしは何も悪いことなどしていない」

「なまいき言うな！」

特高は父さんの脇腹を足でけった。

「ほえ面かくのも、今のうちだ」

特高はふふんと気味の悪い目つきをし、

「おらっ、立てっ。行くぞっ」

また、けった。

「なんて、ひどいことを」

母さんの声は震えている。

立ちあがった父さんの背中を乱暴に押した特高は命令した。

「歩けっ」

父さんは手錠をかけられたまま、出口に向かった。

「父さんっ」

「あなたっ」

父さんを呼びとめた。

父さんはふりむき、かすかに笑った。

「心配しなくていいよ。みつ子のところへ早くいってあげなさい。かわいそうに、泣き続けてるよ」

ガラス戸がガラガラッと開き、父さんと特高ら3人の姿が消え、また、ガラガラッと音をたて、ガタンッと閉まった。

ひびき渡るような大きな音。

ガラス戸の閉められる音は毎日、何回も聞く心地よい響きだ。なのに、今聞いた音は心臓を一瞬で凍り付かせてしまった。

車の発車音がし、エンジンの音が遠ざかり、やがて、聞こえなくなった。

工場の中は2人だけになってしまった。さっきまでの騒ぎが信じられないほどだ。

みつ子はなかなか来てくれなくても、あきらめずに泣き続けている。ときどき、怒ったふうに、力を入れていた。

母さんはやっと、へやにかけ込んでいった。

「ごめん、ごめん。待たせてしまって」

母さんの声が遠くの方で聞こえる。

みつ子が泣き止むと、工場の中がシンと静まり返った。

和彦はふぬけのようになっていた。

和彦がふっと床を見ると、泥があちこちに散らばっている。

警察官たちの靴の泥だ。夢ではなかった証《あかし》。

しばらくして、気を取り直した和彦はへやに入った。

ケガの血で、真っ赤になったかっぽうぎを巻いたままだった。

「ごめんね。和彦にまでつらい思いをさせてしまって」

母さんはみつ子のおむつを取りかえていた。

「大丈夫だよ、ぼくは」

わざと、元気そうに、ちょっと手を動かしたとたん、ズキッと痛んだ。

「いてっ」

「大変だ。ちょっと待ってて」

母さんは真っ赤になったかっぽうぎを見て、あわてて、みつ子の着物のすそをそろえ、手を洗うと、救急箱を持ってきた。

工場では仕事でケガをするときがあるので、救急箱を用意している。

今までは、ぎっちりと、いろいろな薬が入っていたが、久しぶりに開けた薬箱の中はがらんとしていた。

「薬屋さんも、薬を売ってないので、心配してたけど、幸か不幸か、使うときがなくなっちゃって」

母さんは脱脂綿《だっしめん》を取り出した。

「いたかったでしょ？　後で、お医者に行かなくちゃね」

母さんは手早く傷口を消毒し、軟こうをぬり、包帯を巻いてくれた。

和彦が飛ばされたとき、作業台で手をこすったらしい。

「夏休みでよかったわ。学校でイヤな思いをしなくてすむから」

「ぼくは平気だよ」

和彦は強がって見せた。

「これからどうなるのかしら」

母さんは大きなため息をついた。

関田さんが出勤してきた。

「親方は銃床を作り出すまでに、どれだけ悩んだか。あんなに大切なラケットを切りきざんだのに、なんてひどい……」

悔しそうに握りこぶしをふるわせた。

「こんなひどいことされるなら、作りたくないです。でも、やらなかったら、また、どんな目にあわされるか。今度は奥さんだって、危ない。だから、おれ、1人でがんばりますから。安心してください」

「ありがとう、ほんとうに、ありがとう」

母さんは何回も頭を下げ、それ以上、何も言えず、顔をおおい、肩を震わせた。

6　留守を守る

母さんは神棚に手を合わせ、

「どうか。父さんがご無事で、１日も早く家に帰れますように」

と、祈った。和彦も隣に座り、いっしょに手を合わせた。

「ありがとう」

母さんは笑顔を見せたが、顔色が悪い。

「母さん、大丈夫？」

思わず聞いた和彦に母さんは言った。

「大丈夫よ。それより、ご飯を食べたら、お医者に行くのよ」

「うん、わかった」

和彦はうなずいた。


和彦は治療の帰り、家の近くまで来ると、近所のおばさんたち3人が和彦の家の方を見ては何か真剣な顔をして、ヒソヒソと立ち話をしているのが目に入った。

ときどき、うちに来て、母さんとお茶を飲んでは世間話をしているおばさんたちだ。

和彦は両親の悪口を言っているにちがいないと、防火用水槽の陰に隠れ、聞き耳を立てた。防火用水槽はコンクリート製で、和彦が隠れられるくらい、大きいものだ。

「こわい人ね。お上にたてついたんですって」

「警察があんなに朝早くきて、引っ張ってったんだから、よっぽど悪いことしたのね」

「森池さんがアカとはね」

「おつきあいも気をつけないと。あたしたちも仲間だなんて、誤解されたら大変だわ」

「そう、そう」

和彦はラジオや新聞で、共産主義者が逮捕されたニュースを見たり聞いたりしていたので知っている。その人たちが世間では〈アカ〉と呼ばれ、〈お上にたてつく悪い人間の集まり〉だというのも聞いている。

だから、母さんは軍の命令に従わない父さんに〈アカ〉の疑いがかかり、逮捕されたら、どんな目にあうか、恐れていたのだ。

それが現実のものになってしまった。でも、父さんはアカでもないし、悪いことなんて、ひとかけらもしていない。逆に、まじめに考えたからこそ、悩んだのだと。悩んで、何が悪いのか、和彦は思う。

アカと呼ばれている人たちも、ひょっとしたら、父さんのように悪い人たちではないかもしれない。

おばさんたちは父さんのことを何も知らないくせに、悪口を言うなんて許せないっ。

和彦は勢いよく、防火用水槽の陰から飛び出した。

「父さんはアカでもないし、悪いことなんかしてないよっ。なんにも知らないクセして、父さんの悪口言うなっ！」

急に飛び出してきた和彦を見たおばさんたちはぎょっとして、目を見開いた。だが、相手が和彦と分かると、態度が変わった。

「まあ、人の話を盗み聞きするなんて、あの親の子ねえ」

「子どもを使うなんてね」

「ほんと、こわい、こわい」

和彦はよけい、悔しくなった。

「父さんはこわい人じゃないし、アカでもないぞ。なんだい、うちでしょっちゅうお茶飲んでたくせに」

「なんて、口減《くちへ》らずな子なんだろうねえ。将来が心配だねえ」

「親みたいに、世間を騒がすんじゃないの」

そのとき、工場のガラス戸が開《ひら》くガラガラガラッという大きな音がし、母さんが飛び出してきた。

「和彦！　大人の人たちに向かって、なんて言う口の利き方をするの！　おばさんたちにあやまりなさい！」

すごい剣幕で和彦の頭をおさえつけた。

「やだよ。ぼくは悪くない。悪いのはおばさんたちだっ」

パン！と高い音といっしょに、ほほに強い衝撃が走った。

「まあ、この子ったらっ」

その瞬間、和彦の体は地べたに転がった。

「いてっ」

傷を負った手が地面にぶつかり、傷口がジーンといたんだ。

真っ白な包帯に泥がついた。なんで、母さんが……。

悔しさと痛さで、涙があふれ出た。

母さんは和彦を立たせ、甲高い声で言った。

「おばさんたちにあやまりなさいっ」

眉間にしわをよせ、目を大きく見開いた顔はまるで鬼だ。

「あら、奥さん、いいんですよ。そこまでしなくっても」

「そうよ。和ちゃん、かわいそうだわ。ケガもしてるし」

「和ちゃんはまだ子どもだから、なんにもわからないのよ」

急におばさんたちはヘラヘラしだした。

「いいえ、いけません。うちはそんなふうにはしつけていませんから」

母さんの厳しい態度は変わらなかった。

「謝《あやま》りなさい！」

こんな母さんの姿は今まで見たことがない。母さんの気迫に逃げられなくなった。

「ごめんなさい」

頭をちょっと下げた。

しかし、あやまった悔しさで、涙が後から後から流れ落ちた。

「ふゆきとどきで、申しわけありません」

母さんは深々と頭を下げた。

「あら、いいのよ。子どものしつけはむずかしいわね。あたしたちも気をつけなくちゃね」

3人はうなずき合い、その場を立ち去ろうとした。

和彦はその背中に向かって、叫んだ。

「父さんは、悪い人じゃないよーだ！」

「まあ、この子はっ」

母さんは和彦の右腕を強く引っ張り、工場の中に掛け込むと、ガラス戸を大きな音をたてて閉めた。

工場の中に入ると、母さんは和彦を抱きしめ、ウッ、ウッ、ウッと、声を殺して泣き出した。

「和彦、ごめんね。ああでもしなきゃあ、おさまらなかったのよ。いたかった？」

「うん、手がいたいより、悔しかった」

「母さんも悔しかった。本当は和彦があぁ言ってくれて、うれしかったのよ」

「きっと、いつか、分かってもらえるようになりますよ」

関田さんも、腰に下げた手ぬぐいで目頭《めがしら》を押さえた。

親工場の社長がその日、やって来た。

「だから言わないこっちゃない。あたしが心配したとおりになっちゃったねえ。あたしもなんとか森池さんをかばったんだけど、何せ、製品がなければどうしようもなかったんですよ。こうなっちゃったら、森池さんが帰ってくるのを待つしかないね。あたしの勘はね、奥さん。そんな心配するほどでもないと思いますよ」

社長は出されたうすいお茶をゴクンと、やけに大きな音をたて、飲み込んだ。

「だってね。森池さんをいつまでも帰さないでいたら、仕事ができないじゃないですか。警察のほうもそれは十分承知している。早く製品を作ってほしいからね。ちょっと、脅かしているだけ。だから、気を確かに持って、関田さんと協力して、仕事を進めていたほうがいいですよ」

「はい、お蔭さまで、関田さんが一生懸命協力してくれていますので、とても心強いです」

「そりゃあ、よかった」

社長は関田さんに目を向けた。

「関田さん、大変だろうけどね、頼むよ。あんたが頼りだからね」

「はい、がんばります」

関田さんはちょっと頭を下げた。

社長はまた母さんを見ると、急に前こごみになり、声を落とした。

「大きな声では言えないけどね。こんなご時世《じせい》だから、おたがい、我慢していきましょうよね。どうせ、戦争はそんなに長くは続かないですよ。終わったらね、また、ラケット工場を始めようじゃないですか。あたしはそれを楽しみにしてるんですよ。森池さんの腕を鳴らしてもらいたいからね」

母さんはよく舌の回る社長の話を「はい、はい」と、うなずき、聞いていた。

あくる日、母さんがみつ子をおんぶして「警察署に行く」というので、和彦もついて行った。

「主人に面会させていただきたいのですが」

警察署の受付で母さんが言うと、受付の警察官が奥へ行き、戻ってきた。

「できません」

と、つっけんどんに言った。

「そこをなんとか会わせていただけないでしょうか。心配で」

「ただいま、調査中ですから、無理です」

おがむようにお願いしたが、まったく動じなかった。

「着がえを渡したいんです」

「これ以上ねばるなら、あんたを拘束するぞ」

警察官が急にするどい目つきに変わった。

「なぜですか？」

「捜査の邪魔をしたからだ」

なおも母さんをにらみつけている。

「なんてことを。あたしはただ、会わせてくださいって、お願いしただけなのに」

「それが邪魔したことになるんだ。帰った方が身のためだぞ」

「仕方がありません。それでは、この着がえをわたしてください」

母さんは父さんの着がえの包みを警察官に渡し、外に出た。

「まったく、血も涙もないんだから」

母さんは目に涙をにじませ、ぶつぶつと、ひとり言を言った。

みつ子は母さんの背中で気持ちよさそうに眠っている。

和彦はなんにも知らないみつ子がうらやましくなった。


近所には冷たい人ばかりではなかった。

夕方、群おじさんが来て、母さんに言った。

「茂さんを信じてるよ。茂さんなら、悩むのは当たり前だ。ラケット一筋だったからなあ。悪く言う奴なんか、気にしなさんな」

和彦にも声をかけてくれた。

「もし、和ちゃんをいじめるような奴がいたら、高雄が守るからな。安心していいぞ」

群おじさんは大声で笑った。

「ありがとう。ぼく、負けないよ。父さんはなにも悪いことしてないから。高ちゃんがいてくれると、よけい、心強いけどね」

「和ちゃん、頼もしいねえ。安心したよ。高雄にもよく言っておくからな」

群おじさんは和彦の肩を軽くたたいた。

「ありがとうございます。ほんとに心強いです。よろしくお願いいたします」

母さんは深く頭を下げた。

関田さんは自分の分担を黙々とこなしていった。しかし、ラケットを作っていたときのような快活さはなく、和彦をからかったりも、しなくなった。


4日後の早朝、父さんが帰ってきた。

玄関に立ったその姿を見たとき、一瞬、誰か、わからなかった。

「どなた？　えっ、あなた？　父さんっ？」

母さんの声を聞き、和彦は玄関へ走った。

父さんの姿は全く変わりはてていた。

ひげは長くのび、顔が紫色に腫《は》れ上がっていた。そして、足も引きずっている。

「ただいま」

力のない声で言ったが、いたそうに目を細めた。

母さんも和彦も〈おかえりなさい〉の言葉も忘れ、しばらく立ちつくした。

「まあ、その顔は……、足も……」

母さんは唇を震わせ、父さんに抱きつき、オーオーと泣いた。

「心配かけてすまなかった」

父さんも涙を流し、母さんの背中をそっとたたいた。

和彦は両手を広げ、両親に抱きついた。

父さんの温かみが伝わってくる。

「良かったねえ。良かったねえ」

父さんが帰ってきた実感が湧いた。

部屋に入ると、父さんは寝ているみつ子の顔をのぞきこんだ。

「元気でいるな。ちょっと見ない間に、大きくなったようだな」

腫れた目元をゆるませ、みつ子のほほをちょっとつついた。


父さんが着替えを始めた。裸になると、背中や腿《もも》が傷だらけ、あざだらけで、腫《は》れ上がっていた。

「まあ、なんて、ひどいことを……」

母さんは顔をそむけた。

「おつらかったでしょ？」

「うーん、そうだなあ」

聞くまでもなかったかもしれない。

「どうして、ここまでいためつけるのかしら」

母さんは、眉をよせ、唇をふるわせた。それから、水にぬらした手ぬぐいをそっと、背中や腿に当てた。

「いたいですか？　しみますか？」

「いや、気持ちがいいよ」

父さんは大きく深呼吸をした。

「うちのにおいがする。ああ、いいにおいだ」

また、深呼吸をした。

「うちがやっぱり、一番いい」

「当たり前ですよ。いいに決まってます」

母さんははっきり言った。それから、救急箱を持ってきて、みみずばれのところに、そっと、軟こうを塗った。

「和彦、手の傷はどうした？」

父さんが和彦の手のようすを聞いた。

「ずいぶん、良くなったよ。お医者に通ってるんだ」

「そうか、それなら良かった。父さんのことで、とんだとばっちりをうけてしまって、悪かったなあ」

「悪いのは父さんじゃない。特高だ」

子どもにケガをおわせ、無実の父さんに、こんなひどい乱暴をするなんて。

和彦は疑問と怒りでいっぱいになった。

「どうして、こんなひどいことするの？」

両親に聞いても、治安維持法《ちあんいじほう》や国家総動員法という法律があるためだというのだけはわかったが、納得《なっとく》のいくような答えは返してくれなかった。ただ、父さんはこんなことを言った。

「もし、おれが共産主義者なら、ほとんどの国民は共産主義者だ」

「えーっ、どうして？」

「みんなだまって従っているけど、心の奥底では戦争はいやだと思っていると思う。ただ、協力しようと思わされているか、こわいから何も言わないだけか、だ。和彦はどうだ？」

「日本は神の国だから、正しい戦争をしているって、先生が言ってた。でも、父さんのこと考えると、わからなくなっちゃった」

「そうか。確かにな」

父さんはそれ以上、なにも言わなかった。

和彦はあれ以来、頭が混乱している。学校で、先生が教えてくれたり、ラジオや新聞で知らせていることと、まったく違ったことが和彦の目の前で起きたからだ。

和彦がいくら考えても答えは出なかった。

関田さんは父さんの姿を見るなり、

「親方っ。ご無事でっ」

それっきり言葉が出ず、床に座り込んでしまった。

「関田にも迷惑をかけて、すまなかった」

痛みが走る顔をゆがめ、頭をさげた。

「とんでもない。よく辛抱してくれました。よかった、よかった」

関田さんは笑っているのに、涙を流していた。

父さんはあくる日もゆっくり休み、次の日から体の痛みをこらえて、工場に入った。

「これから、溝を彫る工具を考える」

と、工場の机に向かった。

夜になっても、グリップ製作の工具を考えては試作していた。それから、2日後、

「よし、これでいこう」

そんな声が工場から聞こえた。

「父さん、できたの?」

和彦がその声を聞きつけ、工場に顔をのぞかせた。

「うん、なんとか、うまくいきそうだ」

「すごい」

「いや、たいしたことないよ」

父さんは満足そうだった。

「よかったですね。どんなものですか」

母さんも工場に入ってきた。

「うちにある道具を利用したんだけど」

父さんが見せてくれた工具は穴を開けるドリルを心棒に直径5センチぐらいの小さな円盤型のノコギリを通し、それを回転させ、グリップに当てる。グリップを手で1周させれば1本の溝が彫られる。

もちろん、グリップがぐらつかないようにし、1段ずつ、グリップを下ろしていく。こうすれば、彫り方にもむらが出ない。

説明の後、実際彫ってくれた。

父さんの手つきはちょっとおぼつかなかったがきれいな1本の溝が彫れた。

「ほんと、これなら早く彫れますね。父さん、えらいっ」

母さんは珍しくほめた。

和彦は、あの夜、父さんと母さんが言い争っていたのを思い出した。あのときの2人のようすとはまったく違っている。

やっぱり、にこやかな顔がいい。

和彦は思わず、ニッと白い歯を見せた。

それからは、仕事がはかどった。きれいに仕上がったグリップと銃床を遅れることなく、親工場に納めることができたのだ。

親工場の社長も父さんの無事を喜んでくれた。

父さんの傷は日ごとに良くなり、関田さんも明るい表情で手早く仕事をこなしていた。

ただ、父さんは夜など、じっと考えごとをしているときがあり、なんども頭を振ったりしていた。

そんなときは和彦も母さんも見て見ぬふりをした。

7　知人たちの出征

《1941年（昭和16）小学校6年生》
《1942年～43年（昭和17年～18年）中等学校入学～2年生》

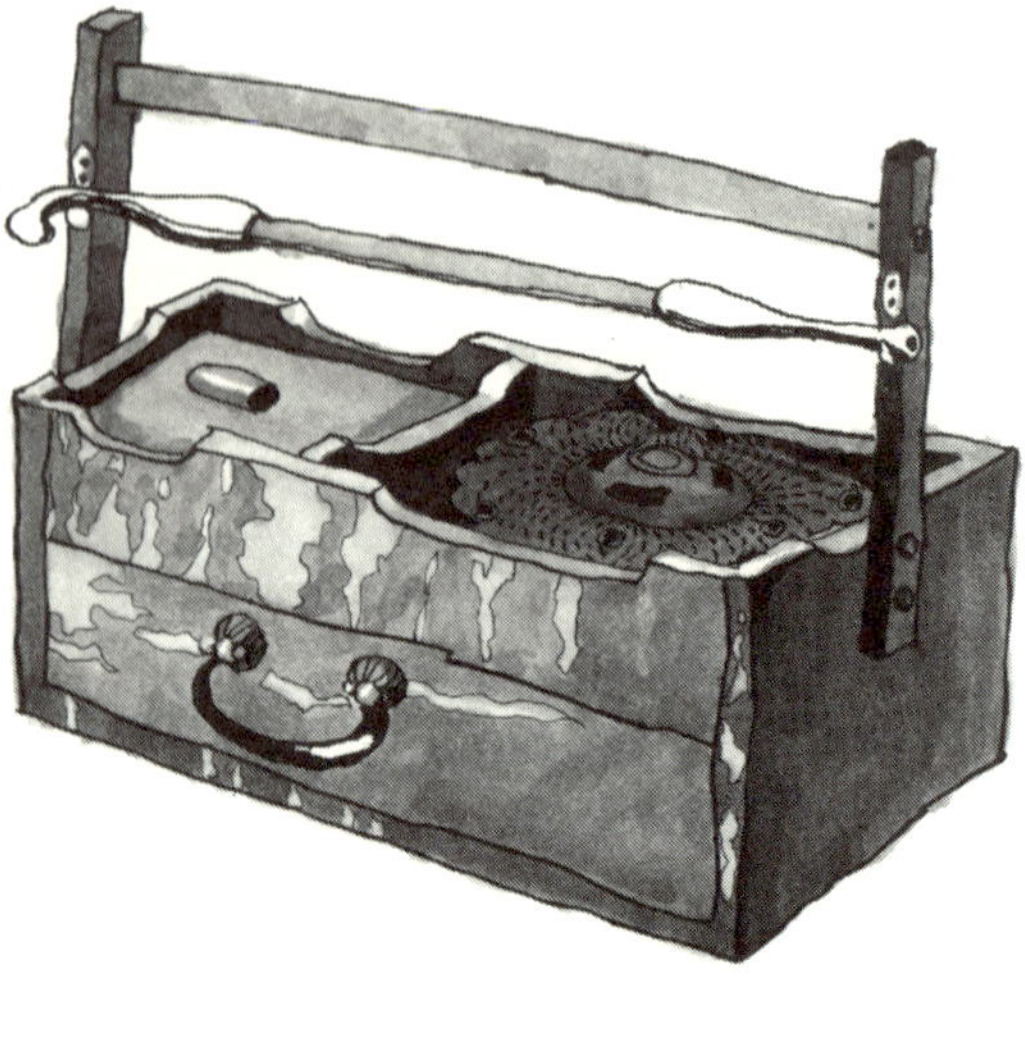

1941年（昭和16年）4月、和彦は6年生になった。

12月8日午前7時、いつものように朝食をとっていた。

ラジオが突然、軍艦マーチを流し、アナウンサーが意気揚々《いきようよう》と話し始めた。

「臨時ニュースを申し上げます。大本営陸海軍部午前6時発表。帝国陸海軍部隊は12月8日未明、西太平洋において、英米軍と戦闘状態に入れり。日本海軍機動部隊がハワイオワフ島において……」

日本海軍機動部隊がハワイ、オワフ島の真珠湾《しんじゅわん》にある米軍の軍港を攻撃し、アメリカ太平洋艦隊を撃沈《げきちん》させたという、太平洋戦争突入の報道だった。

その後のラジオから流れる大本営発表は華々しい戦果を誇《ほこ》るものばかりだった。

和彦は父さんのことで、軍のやりかたには疑問をもっていたが、「勝った」と聞けば、気分をよくした。

「バンザーイ」

その度に、両手をあげ、大きな声を張り上げた。

学校でも戦果のたびに、みんなでバンザイ三唱をとなえた。

両親はそんな和彦をだまって見ていた。


次の年1942年(昭和17年)、和彦は無事、中等学校に入学できた。

「工場を継ぐにはもっと勉強が必要だから、進学させてほしい」

和彦が両親に頼むと、

「そうだな。これからはいろいろな知識を身につけんとな」

と、父さんは賛成してくれたのだ。

これから5年間通うことになる。

(さあ、ばりばり勉強するぞ)と、いきごんだ。ただ一つ、いやなことがあった。

将校の先生がいて、軍事教練や軍事に関する授業があることだ。

特に、軍事教練はかなり緊張する。上手くできないと、ビンタや竹刀が飛んでくる。やられた子はほっぺが真っ赤にはれあがったり、足を引きずる子もいた。

和彦は父さんが特高にやられたときの光景を思い出し、身震いをした。

新学期が始まった4月18日、和彦が家にいたときのことだった。突然、空襲警報が鳴った。

太平洋戦争が始まってそれほど経ってもないのに、いったいどうしたことだろう。食事どころではない。大人たちは慌てふためいた。箸を持って食べようとするみつ子を母さんは抱き上げた。

「ごはん、食べるー」

「ごはんはおあずけよっ」

べそをかくみつ子は防空頭巾《ズキン》をかぶせられた。和彦もかぶる。

防空頭巾は母さんがふとんを1枚こわして作ってくれたものだ。

敵機の爆音が聞こえてきたと思ったら、遠くでドーンと鈍い音が聞こえた。

「爆弾が落ちたっ」

父さんが言った。

「ここからは離れてるな。どこなんだろう」

みんな緊張のあまり、会話もなかった。

爆弾はそれっきりで、空襲警報は解除された。

あくる日、近所では昨日の空襲の話でもちきりになった。

被害にあったのは市電の熊野前駅《くまのまええき》をはさんだ向こう側だという。亡くなった人はいたらしいが、詳しいことは分からなかった。

回覧板にはその被害についてはただの一言も載っていない。

「どうして載ってないんだろう。それにしても、勝ってるのに、やられるなんて」

父さんは首をかしげた。

それから数日たったころ、親工場の社長が仕事の話があり、やってきた。打ち合わせが終わったとき、

「そう、そう、そう言えばね、ここだけの話だけど」

と、話を変えた。

「この間、熊野前駅の向こうで、爆弾が落ちたでしょ？」

「そのようですね」

父さんがうなずいた。

「でも、どういう被害にあったか、さっぱり分からないんですよ。回覧板にも書いてなくて……」

「その話だけどね」

社長は急に声をひそめ、身を乗り出した。

「あの現場の近くに知り合いが住んでるんで、あたしゃあ、心配になって、見舞いに行ったんですよ。そしたら」

社長の声はさらに小さく、ささやくようになった。

「そいつがね、だまったまま、何も言わないんですよ。だから〈なんだい、こっちゃあ心配して見舞いに来たのに、なんとか言えねえのか〉って、おこったら、そいつは口に指を立てやがった」

父さんも身をのりだし、耳を社長のほうへむけた。

「〈なにきどってんだよ〉あたしが言ったらね。あたしの耳元で〈勘のにぶいやつだなあ。お上のお達しで、なんにもしゃべられないんだよ〉ってんですよ。あたしゃあ、びっくりしちまって、まんまる目玉ですよ」

「だから、回覧板に載せなかったんですね。亡くなった人は?」

「わかんないんですよ。どうもいたらしいけど、知ってるのは近所の人たちだけ」

「軍にとって、都合の悪いことは伏せるんですね」

「そういうこと。だから、この話はここまで」

社長はニコッと笑うと、姿勢《しせい》を直した。


その後、東京への空襲はなく、町工場の町、尾久は戦争特需《せんそうとくじゅ》で華やいだ。工場からはモーターのうなる音や、カンカン、トントンと、にぎやかにひびいた。

やればやるだけ、金が入るのだから、勢いがつくというものだ。

群おじさんの家では飛行機の部品、木製のつまみを、森池ラケットも銃床とグリップづくりに追われていった。

しかし、父さんの表情は硬くなり、ますます無口になっていった。和彦は母さんにそのことを言うと、

「仕事が忙しいからでしょ？　心配しなくても、大丈夫よ」

母さんは明るい表情で言った。

1943年（昭和18年）和彦は中等学校2年生になった。

戦争はますます激しくなっていくようだった。ラジオでは軍艦マーチをバックに流し、陸軍、海軍の戦果を誇らしげに伝えていた。男たちは次々と召集され、近所の人たちも出征して行った。

それでも足りず、9月に大学生たちを学徒動員することを決定。10月に大々的に壮行会《そうこうかい》を催した。

「いよいよ大学生をペンから銃に持ちかえさせたな」

父さんは新聞を読み、言った。

「父さんっ、また、よけいなことを」

母さんは父さんをにらみつけた。

軍事教練の授業があった。

わら人形を竹槍で突き刺したり、首を切る動作をさせられた。

将校先生はますます気合が入り、大きな声でどなっている。

「わら人形だと思うなっ。鬼畜米英兵だと思えっ」

わら人形だから、竹槍で叩いたり、突いたりできる。それを人間だと思ったら、力が抜けてしまった。

「なんだ！　そのへっぴり腰はっ」

和彦は尻を竹刀でイヤッというほど打ちつけられた。そのいたいことといったらない。尻から足にかけて、ビーンと、しびれてしまい、しばらくの間、立ち上がることもできなかった。

もし、自分が戦地へ行ったら？

と、和彦は苦痛に耐えながら考えた。

(訓練をやって、敵の兵士を殺すことができるのだろうか。やらなければ殺されるから、殺そうとするだろう。相手も、そう思っている。もし、本当に殺したら……)

思わず尻をちぢめると、ズキンと痛みが走り、震えあがった。


突然、柏木さんがやってきた。

ラケットの製作中止になったとき、やめてもらった外交員だ。

へやに上がると、父さんはまず、あやまった。

「あのときは申しわけなかった」

「どうか、気になさらないでください。今日はお話が……」

柏木さんは姿勢を正した。

「明日、出征します。長い間、お世話になりました」

ていねいに頭を下げた。

「そうか、あんたも出征か」

父さんはキセルにタバコを詰めると、口金《くちがね》を手拭いで拭き、柏木さんに差し出した。

とっておきのたばこだ。

「1服どうだ?」

「いやあ、ありがとうございます」

柏木さんがキセルを受け取ると、父さんはマッチをすり、タバコに火を近づけた。

柏木さんは口をとがらし、ほほをへこませ、キセルを吸うと、たばこが真っ赤になった。

フーッ、口から白い煙を吐き出す。

「ああ、うまい。久々の味です。最近はタバコも手に入りにくくなりましたからね」

「だから、ちびちびとね」

柏木さんはまた、気持ちよさそうに、すーっと吸い、天井に向けて煙を吐き出した。

「テニスもさせず、こんな、ささやかな楽しみも奪って、戦争に勝てるんですかね」

天井をむいたまま、言った。

「勝ってるようだけどな」

「今、良くたって、長続きするかどうか」

柏木さんはもう1回吸い、煙を吐き出すと、キセルをトンと、たばこ盆に打ちつけ、灰を落とした。それから、持っていた手ぬぐいで口金を拭き、キセルを盆にのせた。

「ごちそうさまでした」

軽く一礼し、父さんの顔をしっかり見た。

「アメリカの工業力は日本の何十倍ものケタ外れのすごさです。象とねずみの差だと思ってください。わたしがこの目で見てきましたから、間違いないです」

「アメリカは大きいというのは分かっているがね。そんなに大きいのか?」

「その実情を見たことのない日本人には想像もつかないでしょう。きっと、武器の性能は爆発力、弾の飛ぶ距離、速さはとてつもなく強いに違いありません。軍艦や戦闘機の研究もかなり進めているでしょうね」

父さんはすっと、ひざを前にすすめた。

「じゃあ、日本はどうなるんだ?」

「たぶん、このままでは……。神の力だけでは勝てません」

「なぜ、大きなアメリカを攻撃したんだろう」

「われわれ国民には分かりませんね」

「そうだな。だけど、日本は王道楽土だとか、清い戦争だとか言ってるけど、おれたち庶

民にいいことあったか？」

「我慢、我慢、ですね」

「腹をすかせ、赤紙1枚で戦地へ行かされ、戦死。大学生まで狩り出されて」

「ほんとにそうですねえ」

柏木さんは腕組みをし、うなずいた。

父さんは続けて言った。

「戦地に行く人だけじゃない。職人だって、作っていたものをみんな禁止しちまって〈武器をつくれ〉とね。少しでも気に入らなきゃあ、こっぴどいめにあわせやがって」

「えっ、まさか親方が……」

柏木さんが腕組みをパッとはずし、顔をあげた。

「う、まあね。ぐずぐずしてたら、おしおきだ。ちょとだけどね」

父さんはうつむき、苦笑いをした。

「えーっ、大丈夫だったんですか？」

柏木さんは目を見開いた。

「大丈夫だから、仕事はできてる」

「でも、なんてひどいことを」

「庶民の命なんて、虫けら同然だ。本当に〈清い戦争〉なんだろうかって、考えちゃうよ。あんたもまさに〈とんで火に入る夏の虫〉になるよな」

「仕方ありません。国の命令にそむくわけにはいきませんから」

「おれは外国人を殺す武器を作らねばならない。いやだということは絶対、許されない」

父さんはお茶を1口飲むと、また、静かに話し始めた。

「おれの中には2人の人間がいる。〈銃床なんか作るな〉と言うやつと、何も考えずに、与えられた仕事をきちんと作るやつがね。それがいつも戦ってる」

「勝つのは？」

「ふん、きちんと作るほうだ。拷問に負けた職人さ」

和彦はドキッとして、父さんを見た。帰ってきたときの姿が目に浮かんだ。

「親方、自分を責めないでください」

柏木さんは父さんの膝に手をおいた。

「ときどき、ふっと、そう、思っても、どんどん作ってる。やけ気味ってとこかな？」

父さんは苦笑いをした。そしていきなり柏木さんの両肩をつかんだ。

「いいか。おれのことは心配ご無用だ。あんたは必ず、生きて帰って来るんだぞ」

父さんは柏木さんの肩をゆすった。

「家族のためだけじゃない。戦争が終わったら、工場を再開させるつもりだ。そのときは来てほしい。英語が得意なあんたが必要だ。分かったか？」

父さんは一言一言に心を込めて言った。

「ありがとうございます。親方からそんなふうに言われて、光栄です」

柏木さんは手ぬぐいで顔をぬぐった。

それから、留守を守る家族の話もした。小学校2年生の子を頭《かしら》に3人いるという。とても心配していた。

「わたしの留守中、家内の相談相手になってください。よろしくお願いいたします」

柏木さんはそう言って、帰って行った。

和彦は柏木さんと父さんの苦しい心の中を見た思いがした。


工場を閉め、夕食も終わったころ、群おじさんが玄関の戸を開け、やってきた。

「茂さん、いるかい」

「なんだい、どうした。もう、〈おゆき〉は閉まってるぞ」

父さんは玄関へ出て行った。

「今日ね、こんなものが来たんだよ」

と、赤紙を出した。

「えーっ、なんで？　若くもないし、軍の仕事してるじゃないか」

父さんは赤紙をひったくった。

「そりゃあ、分からんさ。おれは体格がいいからな。兵隊が足りんのだろう」

「大学生まで動員したのに」

父さんは納得いかないふうだった。

「赤紙が来ちゃった以上はどうしようもない。あさって、出征《しゅっせい》だ」

「あさってかあ」

父さんは沈んだ表情になった。

「茂さんには世話になったからな。おれから報告しようと思って来たんだ」

「世話だなんて、お互いさまだ。まあ、あがってくれ」

父さんは群おじさんをへやに招いた。

「おれの留守中は家族をよろしく頼みます」

群おじさんはすわると、ていねいに頭を下げた。

「高雄の下に、まだ小学生の娘が2人いるから、心配だ」

群おじさんはいつになく、暗い表情で言った。

「ご心配でしょうね。こうなったら、助け合うしかないですよ」

母さんも額に八の字をつくった。

「よろしくお願いします」

群おじさんはまた、頭を下げた。

「頭を下げるなよ。行きたくて行くんじゃないんだから」

「あなたっ。また、そんなこと言って」

母さんが父さんをにらんだ。

群さんが声をひそめて言った。

「奥さん、茂さんの言うのは本当ですよ。帰ってこれないかもしれないんですからね。行きたかあないですよ」

「そんな悲しいこと……」

母さんは言葉がつまってしまった。

「茂さんと飲んだときは、楽しかったよ。ほんとうに、ありがとう。忘れないよ」

「もう、群さんの歌も聞けなくなっちゃうのかなあ」

「あなた、そんな。群さんはちゃんと、お帰りになりますよ」

母さんが言っても、みんな「そうだ」とも「違う」とも言えず、押し黙ってしまった。

父さんが雰囲気を変えた。

「群さんの壮行会には行きたくねえ。だけど、行かなければ、なに言われるか。仕方ないから行くけどな」

「分かってるよ」

「秩父音頭歌ってくれや。我が家のお別れ会だ」

「うん、歌うよ」

♪はーーえーー　鳥もわたーるかー
　あのーやまーこーえてー

群おじさんのつやのある声が暗い電灯が点《とも》るへやの中で小さく響いた。和彦は〈おゆき〉で歌っていた情景を思い出した。あのときは楽しそうだった。今の表情はゆがみ、声が少しふるえていた。

父さんと母さんは手拍子を静かに打ち、目をつむって聞いている。歌い終わったとき、父さんは群おじさんの手をとった。

「群さんの声、しっかりこの耳に収めておくよ」

「ありがとう」

「いいか、なんでもいい。いつも、弾が当たらないところにいろ。先頭に立つな」

「そう、できたらいいけどな」

群おじさんはかすかに笑った。

8 我が家で勤労動員

《1944年（昭和19年）中等学校3年生》

1944年（昭和19年）には国民学校高等科（現中学1、2年生）以上の生徒に男女問わず、勤労動員《きんろうどういん》の命令が出された。

「あなたがたは天皇の赤子《せきし》です。この戦時下に天皇陛下のため、命をかけて神の国、日本国を守らねばなりません」

校長先生の訓示があり、朝から1日中、工場や町で働かされることになった。つまり、授業がなくなったのだ。

中等学校3年生になった和彦は内心がっかりした。

郵便はがき

恐れいりますが
切手を貼って
お出しください

1 0 1-0 0 6 1

千代田区神田三崎町 2-2-12
エコービル1階

梨 の 木 舎 行

★2016年9月20日より**CAFE**を併設、
新規に開店しました。どうぞお立ちよりください。

- -

お買い上げいただき誠にありがとうございます。裏面にこの本をお読みいただいたご感想などお聞かせいただければ、幸いです。

お買い上げいただいた書籍

梨の木舎

東京都千代田区神田三崎町 2—2—12　エコービル1階

TEL　03-6256-9517　FAX　03-6256-9518
Eメール　info@nashinoki-sha.com

(2024.3.1)

通信欄

小社の本を直接お申込いただく場合、このハガキを購入申込書としてお使いください。代金は書籍到着後同封の郵便振替用紙にてお支払いください。送料は200円です。

小社の本の詳しい内容は、ホームページに紹介しております。

是非ご覧下さい。　http://www.nashinoki-sha.com/

【購入申込書】（FAXでも申し込めます）　FAX　03-6256-9518

書　　　名	定　価	部数

お名前

ご住所　（〒　　　　　　）

電話　（　　）

校長先生の話は納得するが、今でさえ十分な勉強はできていない。余計勉強がしたくなった。

「うちだって、お国の仕事をしてるんだ。我が家で勤労動員すればいい。学校へ掛け合ってくる」

父さんは早速、学校へ行き、成績が優秀だからと、許された。

それからは、朝から夕方まで毎日、父さんたちといっしょに働いた。夜は教科書を開き、勉強をした。

電動ノコの使い方はすぐ覚えた。細いきゃしゃな指で、長い木片を持つと、器用に動かし、決まった大きさに切り落とした。

母さんが心配そうに、のぞきに来た。

「大丈夫だよ。母さんとはちがうよ。ぼくは父さん似だから」

「まあ、この子ったら」

母さんは人差し指で、和彦の頭をちょっと、つついた。

高ちゃんはどうしてるだろう。

時折、仕事の手を休めては、高ちゃんを思い出した。

高ちゃんは進学せずに、建具屋に修行させられていた。でも、和彦の家と同じで、そこも木製のプロペラを作るよう、命令されたという。その後、ぜんぜん会う機会がなかった。

何人かの級友たちや、もんじゃ焼きをごちそうしてくれた佐々木さんちのはっちゃんはどんな仕事をしてるんだろうか。

みんなに会いたい！

それはかなわぬことだと、和彦はおなかに力を入れ、電動ノコに木材を当てた。


和彦はでき上がった銃床とグリップをリヤカーに積み、田端にある親工場まで、運ぶ役目もしていた。

中学3年生ともなれば、筋肉がかなりついて、腕が太くなった。だから、重いリヤカーも苦にならず運ぶことができた。


親工場は我が家のそれよりも、ずっと広くて、職工の数も30名もいた。工場の壁ぎわには3段に詰まれた木箱がズラリと並べてある。下請け工場から集められたものだ。

「和ちゃんか。ご苦労さん。あんたもすっかり男前になったねえ。頼りになるよ」

社長はいつものように、にこやかに迎えてくれた。

「いえ、そんな、たいしたことないです」

和彦は照れて、頭をかいた。

社長は父さんのようなむっつり型ではないので、気が楽だ。

「和ちゃんとこの出来映え《できば》はいいねえ。ていねいに出来てるんで、感心してるよ。初めはどうなるかと、気をもんだけど、さすが腕のいいラケット職人だけあるね。お父さんに言っといてくれないか。この調子で頼むってね」

社長はポンポンッといきおいよく言った。

「はい、ありがとうございます。父に言っときます」

自分も仕事のはしくれを受け持っている。ほめられればやっぱりうれしい。空き箱を積んだ帰りの道は、足取りがかろやかになり、口笛を思わず吹きだした。

社長がほめるのは決してお世辞ではないと、信じている。

三角形に似た銃床の曲線は父さんでしか作れなかった。

グリップの溝は父さんがさんざん苦心し、工具を完成させ、細くてムラのない溝を彫るのに成功したのだ。

製品を渡すとき、チラッと他の製品を見ると、父さんのようにきれいな製品はない。

家に着くと、早速、父さんに勢い込んで報告した。ところが、

「ラケットだったらなあ」

口の右端をちょっと上げ、かすかに笑った。

和彦は一瞬、息が止まった。

「いや、誰だってほめられればうれしいもんだ。父さんだって、うれしくないわけではないよ。ただ、欲をかいただけだ」

父さんはキセルを煙草盆にポンッと軽やかな音をたて打ち付けた。

柏木さんとの話の中で、父さんの気持ちを知ったのに、社長にほめられたとたん、すっかり忘れてしまった自分を悔やんだ。

秋に入ると、米軍のB29が本土爆撃を始めた。港や飛行場がその的になった。

1945年（昭和20年）1月は正月の祝い膳も出せないまま、過ぎていった。

3時のお茶の時間、みんなの皿にはせんべいのような薄く切ったふかし芋がのっていた。父さんと関田さんの皿には2枚、和彦にはたった1枚。母さんとみつ子には端っこの所の小さい切り身1枚だけだった。

和彦はだまって、かみごたえのない芋にぱくついた。食べ盛りの和彦にとって、こんな薄い芋1切れでは腹の足しにもならない。

みんなの分を全部食べられたらと、いじきたない根性《こんじょう》が頭をかすめる。必死でそれを打ち消した。

父さんがだまって、1切れを和彦の皿の上にのせた。

「いいよ。父さんだって、食べなきゃ、働けないよ」

皿を父さんの前にすべらせた。どんなにか〈ありがとう〉と、皿を引き寄せたいか。もう、子どもじゃないんだから、がまんしなくちゃ。

和彦は自分に言い聞かせた。

「和彦は若いんだから、たくさん食べたほうがいい。父さんはもう、たくさんだ」

「おれ、二切れも、もらったら悪いよ」

関田さんが自分の皿を前に出した。

「関田さんは遠慮しないでくださいな」

母さんは関田さんの前に皿を押し返し、

「和彦、せっかくだから、父さんのをいただきなさい」

母さんが助け舟を出してくれた。

「いいの?」

「いいから、食べろ」

うなずいた父さんに、

「ありがとう」

やっと、二切れ目の皿に手が出せた。

「みつ子も食べたい」

4歳のみつ子も腹を空かせている。

「みつ子には母さんのをあげるわ」

母さんは自分のを半分に折り、みつ子の皿にのせた。

「ありがとう」

みつ子はさっと伸ばした手で芋を取ると、口の中に押し込んだ。

その素早さに、みんなあっけにとられていると、芋が飲み込めず、目を白黒させた。母さんが急いで水を飲ます。

「あわてないで、ゆっくり食べなさい」

みつ子はやっと、飲み込め、はーっと息をついた。

和彦はそのようすがおかしくて、プッと吹き出した。

みんなはそれにつられ、笑い出した。

みつ子は自分が笑われているのも分からず、いっしょになって笑うので、それがまた、おかしいと、笑い声がさらに大きくなった。ひもじさも押しやる久しぶりの笑い声だ。

しかし、それはほんのつかの間のだんらんでしかなかった。

突然、警戒警報が鳴った。

工場の中に緊張が走る。すぐ逃げられる準備を始めた。

母さん、和彦、みつ子は防空頭巾《ズキン》をかぶり、父さん、関田さんはゲートルを巻く。貴重なものが入っているかばんは肩に斜めがけに。が、間もなく解除になった。

銀座方面に焼夷弾が落とされたことが後で分かった。

「いつ、ここもやられるか」

「子どもたちが心配だわ」

大人たちが不安そうに話し合った。


その日の回覧板に、群おじさんが戦死した知らせが載っていた。

「群さんも、とうとう……、か」

父さんは首を横にふり、回覧板から目を離さなかった。

「お気の毒にねえ。覚悟の上とは言っても、タツさんやお子さんたち、どんなにおつらいか」

母さんはかっぽうぎのすそで目を拭いた。

和彦は群おじさんの笑顔やタツおばさん、高ちゃんの悲しそうな顔が次々と浮かんだ。

「最近、戦死者の話があちこちで聞かれるようになりましたね」

関田さんが口を開いた。

「うちの近所でも何人か出ていますよ」

「でも、日本は神の国だから、負けるわけないよ」

和彦は学校の先生が言っていることはやっぱり、正しいと信じていた。

「だけどね、和ちゃん」

関田さんが急に声を落とした。

「アメリカ軍が本土爆撃をするようになったのは、日本軍が劣勢《れっせい》なんじゃないかな」

「シッ、関田さん、めったなことを口に出しちゃだめっ」

母さんが関田さんをにらんだ。

「関田の言うのも分かるなあ」

父さんは煙草を指先でくるくると巻き、キセルに詰めた。

「まあ、あなたまでも。こりないで」

母さんがあきれても、目を細めて1口吸い、言った。

「タバコの値はつり上げるわ、戦死者を次々出すわ、たまったもんじゃないっ」

吸い終わると、キセルをたばこ盆にトンッと強くたたいた。タバコ盆が大きな音をひびかせ、クラッとゆれた。

「柏木が出征前にうちに来て言ってたよ。アメリカの工業力のケタ外れのすごさをね。〈象とねずみの差〉だってさ。うまいこと言うね」

父さんはふふんと、鼻で笑った。

「そんなアメリカを相手にして、神がかった戦略で勝てるわけないってさ」

「もし、そうなら、今、われわれがしている意味は何だろう」

関田さんは腕組みをした。

「今、負けているわけではないし、そんなぶっそうな話にのらないほうがいいわ。ご近所にでも知れたら大変。もう、コリゴリッ」

「勝っても負けても、戦争は早く終わってほしいもんだ。群さんのように戦死したって、みんなお骨も帰ってこないそうだ。犬死同然なんだろう。かわいそうに」

「そうかもしれないですね。群さんの顔が目に浮かびます」

母さんは目に涙を浮かべた。

和彦は学校と工場で話される内容の違いにますます戸惑った。

学校では神風が吹く強い日本軍、正しい日本軍を毎日、教えられている。だから、先生の言うことは一番正しいと信じている。

群おじさんの戦死は名誉で清いことになるのだ。

でも、そうとは言えない感情が和彦の中でうずく。その答えを高ちゃんに聞きたいと、思った。


和彦は群おじさんの葬儀に出かけた。両親はすでに弔問《ちょうもん》を終えていた。弔問客は黒い紋《もん》付《つき》の羽織を着、静かに列をつくっている。

和彦が並んだときは終わりに近づいていたせいか、後ろには数人の人しか並ばなかった。

タツおばさんは涙も見せず、弔問客に挨拶をしている。高ちゃんや小学2年、1年の妹たちも座っている。

前のほうで、国防婦人会の人がタツおばさんに声高《こわだか》な挨拶をしていた。

「村田さんの最期《さいご》はご立派でしたねえ。お国のために大きな働きをしました。名誉なことです」

「はい、おかげさまで」

タツおばさんは深々とおじぎをした。

和彦のすぐ前にはっちゃんのお母さん、佐々木さんがいた。

和彦ははっちゃんが元気かどうか聞きたかったが、なんだか恥ずかしくて、ちょっと軽く頭を下げただけで、すませてしまった。

佐々木さんは自分の番が来たとき、タツおばさんにそっと声をかけた。

「元気だしてね」

タツおばさんとは親しい間柄《あいだがら》のようだ。

タツおばさんはぐっと顔を曲げ、軽く頭を下げた。

「いいのよ。お泣きなさい。泣きたいのは当たりまえ。大事な人が亡くなったんだから」

タツおばさんはそれでも、必死にこらえていた。

和彦は佐々木さんは優しい人だと思った。はっちゃんが優しいのはお母さんに似たんだろう。

焼香がすみ、外にでると、

「和ちゃん」

高ちゃんが後を追うように出てきた。

「今日はありがとうございました」

久々に見た高ちゃんはますます、がっちりとした体格になり、声も太い声になっていた。

「さみしくなるな」

「でも、め、名誉の戦死……です」

高ちゃんはうなだれた。ほほは少しこけ、アゴには黒いものがポツポツと芽を出している。和彦も同じようないかつさで、高ちゃんの顔を見た。

「お骨、戻ってきたの？」

高ちゃんはうつむいたまま、首を横にふった。

それでも名誉の戦死なのか。

和彦は高ちゃんの打ちひしがれた姿を見たとたん、いろいろ用意した慰めの言葉が消えてしまった。どんな言葉をかければ高ちゃんの心が溶けるのだろうか。

なんだか、無性に走りたくなった。

「走ろうか」

高ちゃんが顔をあげた。

「うん、走りたい。葬式は終わりだから、大丈夫だ」

高ちゃんが家族に、出かけることを告げ、2人は走った。わけも分からず、ただ、走りたいから走った。そうしないではいられなかった。

無言のまま、自然と荒川の土手に向かって走って行った。幼かったころがよみがえってくる。そのころは勝つのはいつも高ちゃんだったが、今日は肩を並べて走ってくれた。

冷たい風が心地よいほど、体が熱くなってきた。それでもゆるめず、走り続けた。

和彦は群おじさんの笑顔が離れなかった。

畜生！

やがて、荒川の土手にぶつかった。

久しぶりの土手だ。子どものころの記憶では、とても高かったが、今見ると、さほどでもない。

荒い息をし、一気に土手を登り、2人で草っぱらに大の字になって、空を仰いだ。空は気持がよいほど青く澄み、静かだ。

今、本当に戦争中なのか？　と、疑いたくなる。いや、今、戦争中じゃなかったら、どんなにいいだろうとも、思う。

群おじさんの歌声がよみがえってきた。

〈♪はーーえーー　とりもわたーるかー
あのーやまーこーえてー〉

「群おじさん、歌がうまかったな」

「うん、うちでも、よく歌ってたよ。うるさいくらいに」

高ちゃんが立ち上がり、

「ばっかやろーっ！」

いきなりどなった。大きく息を吸うと、

「鬼畜米英の、ばっかやろーっ！」

また、どなった。

「鬼畜米英の、くそったれーっ」

和彦も立ち上がり、どなった。気持が少し、楽になった。

腰を下ろしてから、高ちゃんに聞いた。

「群おじさんの戦死、名誉だと思ってる?」

高ちゃんはしばらくの間、川面を見続けていた。

「そんなわけ、ねえだろう」

やっと、口を開いた。

「親が死んで、名誉だの、誇りだのって、糞くらえだ」

高ちゃんは和彦をにらみつけた。

「そうか、やっぱりな。それ聞いて、安心した」

「安心? おやじが戦死したのに、安心したって言うのか?」

高ちゃんはくってかかってきた。

「いや、そうじゃなくて、悲しいのに、名誉で誇りに思ってるのかって、思ってたんだよ」

「おふくろから言われたんだ。〈人前で決して泣いてはいけない。悲しいと言わずに、名誉だと言いなさい〉とね。お上からお達しがきたそうなんだ。だから、葬式の前に、家族でいっぱい泣いて、葬式のときは泣かないよう、腹に力を入れて、我慢したんだ」

高ちゃんはかたわらの草をちぎって、地面に投げつけ、苦笑いをした。

「いくら我慢したって、おやじは帰って来やしない」

学校では〈天皇陛下は神様です。天皇陛下のために命をかけるのは名誉なことです〉と、毎日、先生から聞かされてきたが、やっぱり死にたくないし、家族は悲しむ。おれたちも戦死したら?

２人はそんなことを話し合った。

お国のため死ぬのは名誉なこと。死を恐れるようでは日本男子として恥ずかしい。だけど……。

「どうしたらいいんだ?」

高ちゃんに聞いた。

「わからん。やっぱり死にたくないしな」

「そう、おれもだ」

そこは一致した。

戦争が終わったら、なにをしたいか話し合った。

和彦は中学を卒業したら、父さんとラケット作りを再開しようと約束していると言うと、

「おれはまだ建具職人の見習いだけど、妹が２人いるから、今まで以上に稼がないとな」

高ちゃんは和彦をまっすぐ見た。

「おやじの仕事を戦争が終わったら、やろうと思っている」

「それが一番。おやじたちみたいに、おれたち、飲み仲間になってさ」

「そりゃあ、いい」

お互いに顔を見合わせ、声を上げて笑った。

気分が落ち着き、川面をながめた。

川面は日の光に反射し、まぶしく光り、ゆったりと流れている。

和彦は川が自分たちを温かく見守ってくれているような気がした。

あくる日のことだった。タツおばさんがやってきて、玄関に入ると、ガラス戸をきちっと閉めた。

「夕べはありがとうございました」

深々とあいさつをした。

「まあまあ、タツさん、ご丁寧なこと」

母さんが玄関に出ると、

タツおばさんは急に深刻な表情になり、声を落とした。

「大変なことが起きたのよ」

「えっ、なにが?」

「佐々木さんの奥さんが今朝、警察にひっぱられちゃったの」

「まあ、どうして?」

「ゆうべ、お悔やみに見えたとき、あたしに〈泣いたっていいのよ〉って言ったからなんですって」

「えーっ、それだけのことで?」

母さんの目は大きく開いたまま。

「あたしを心配してくれたことがアダになっちゃって。申し訳なくて」

「あなたのせいじゃないわ。なんてひどい。佐々木さん、大丈夫かしら」

母さんは八の字を寄せた。

「あたし、今、佐々木さんのお宅へ謝りにいったの」

「ご主人、なんて言った？」

「〈ほんとにこわい世の中になってしまった。村田さんを恨んでないから〉って」

「そう、それはよかったけど。佐々木さん、ほんとに心配」

「お宅も同じ思いをしたから、お知らせしようと思って」

「ありがとう。ああ、佐々木さんまでも」

母さんは額に手をやり、ため息をついた。

はっちゃんもきっと心配しているにちがいない。

和彦は父さんが連れて行かれたときの情景が目の前に広がり、思わず頭を抱えた。


「どうして佐々木さんのことが知れたんでしょうね」

母さんが父さんに話しかけた。

「誰かが言いつけたか、特高が潜《ひそ》んでいたのか、わからんな」

「いやあねえ。どっちも、こわい、こわい」

母さんは身震いをした。

「隣組は監視し合っているようなもんだからな。そうはなりたくない」

父さんは首をふった。

あの場にいた和彦は記憶をたどっていた。

佐々木さんの周りや、葬儀に来ていた人たちの顔を一人ひとり、思い浮かべていた。特高らしき人、見知らぬ男は確か、いなかった。葬儀はもう、終わりかけていたので、国防婦人会の人も帰っていなかった。弔問客《ちょうもんきゃく》は町内の顔見知りばかりだったはずと、すると、……。和彦は鳥肌《とりはだ》が立った。

しかし、このことを両親には言わなかった。言えば、自分も告げ口をしているみたいな気がしたからだ。

日頃、仲良くしているのに、陰《かげ》にまわり、警察に告げ口するとは、人間のクズだ。戦争は優しい心も奪《うば》ってしまう。相手が傷ついてもかまわないと思うようになるのか。兵士だって、町にいる普通の人だ。群おじさんや柏木さん、うちの工場で働いていた職工たち。

あんな心優しい人たちが平気で人を殺すようになる。町の人も告げ口までして、国に協力しようとする。

父さんが特高に捕まった後、近所のおばさんたちがとった態度を思いだした。母さんや父さんと仲良くおしゃべりしてたのに、一晩でくるりと変わってしまった。

国民をそう変えなければ戦争は進められないのだろうか。

数日経ち、警察署から帰ってきた佐々木さんは左目がつぶされていた。タツおばさんがやってきた。

「佐々木さんのお宅にお見舞いに行ったんだけど、奥さんは〈だれにも会いたくない〉って、出て来なかったのよ」

と、青ざめた顔で母さんに話した。

はっちゃん、悲しんでいるだろうなあ。

和彦は幼いころ、はっちゃんがもんじゃ焼きをごちそうしてくれたときのようすが、昨日のようによみがえった。

夕食後、母さんは継ぎ物をしていた。父さんの作業用ズボンの膝《ひざ》に別の布を当てている。新しい物なんか売ってないから、こうするしかしようがない。

「佐々木さんのこと、ぞっとしますね」

母さんは針の手を休めず、父さんに話しかけた。

父さんは唇をかみしめ、言った。

「見せしめだ。おれのときもそうだった」

「佐々木さんのことを告げ口した人が町内の人だったら、その人、今、どう思っているかしら」

「後悔しているといいんだが。そうすれば、これからは、告《つ》げ口《ぐち》なんかしなくなるだろうからな」

「そうだといいんですけど。人の道にはずれていますからね」

父さんがちょっと考えてから言った。

「そうはいっても、今の世の中、告げ口をヨシとしているからな」

「だから、きのうまでいい人だったのが急に変わることだってあるんですよね」

「そんなことあったのか？」

「いえ、ほんのささいな、取るに足らないことですけどね」

母さんはちょっと、口元をゆるめた。

母さんが話したのは、あの、おばさんたちの一件だと、和彦はピンときた。あの件は父さんに内緒《ないしょ》にしている。

和彦は葬儀のとき、あの場にいた人に会うと、（この人か？）と、疑いの目で見てしまう。いなかった人でも（いつか、この人も告げ口するんだろうか）と、人が信じられなくなった。

あのとき、特高か、国防婦人会の人がいなかったから、佐々木さんは安心して、言ったのかもしれない。じゃあ、かえって、いた方がよかったのか。和彦は頭を振った。


2月の冷たい木枯らしが吹く日だった。

柏木さんの奥さんが尋《たず》ねてきて、柏木さんが戦死したことを知らせてくれた。

「そうでしたか……」

父さんは目をつむり、後の言葉が出ない。

それから、なまつばをのみ込むと、言った。

「柏木さんにはつらい思いをさせてしまいました。ぜひ無事に帰ってもらい、戦争が終われば、また、ここで、活躍していただきたかったんです。本当に残念です」

「そんなふうに思っていてくださるなんて、光栄です」

奥さんは涙ぐんだ。

母さんが心配そうに聞いた。

「これからどう生活されるんですか？」

「子どもたちを連れて、栃木の私の実家に帰ります。年老いた母が1人で暮らしておりますので」

父さんが奥のへやに入って、戻ってきた。

「これは私どものほんの気持ちです。今までのおわびの印でもあります。どうか、受け取ってください」

そう言って、奥さんの手に小さな紙包みを持たせた。

「それはいけません。いただくわけにはいきません。主人が辞《や》めさせられたのはお宅様の責任ではありませんので」

返そうとするその手を父さんは押さえた。

「これからの生活は厳《きび》しくなりますから、少しでもお役立てください。わたしはこんなことしかできないことを柏木さんには申しわけないと思っています」

母さんも言った。

「そうですよ。柏木さんのおかげで、輸出も順調に伸びたんですから。こちらのほんの気持ちです。お受け取りください」

2人に言われ、奥さんは包みを手のひらにのせ、

「ありがたくちょうだいいたします」

頭を下げたまま、ウッ、ウッ、ウッと、声を押し殺し、ハンカチを顔に押し当てた。

「外では泣けないけど、ここなら安心してお泣きなさい」

母さんはゆれる奥さんの背中を優しくなでた。母さんのほほもぬれていた。


全国の大きな都市が爆撃されるようになり、被害は拡大する一方だった。

隣組《となりぐみ》の人たちは軍の命令で防空壕《ぼうくうごう》を作ることになった。

場所は和彦の家のすぐ隣が空き地になっていたので、そこに作ることにした。15人くらい入れるような広い穴を掘り、柱になる棒クイを何箇所か立て、横棒を渡し、天井板《てんじょういた》や壁板を張る。そこに掘った土をかぶせ、固めた。木材は強制疎開《きょうせいそかい》した空き家を壊していたので、その廃材をもらった。

父さんは器用さを発揮《はっき》し、中心的に動いた。和彦も、もちろん手伝った。

「森池さんは器用な方ですね。おかげで、丈夫そうな防空壕ができましたよ」

ニコニコとお世辞《せじ》を言ったのが、父さんが捕まったとき、悪口をいったヤツだ。そんなことを知らない父さんは、

「いやあ、どうも。それほどでも」

だなんて、てれている。

和彦はそいつをにらみつけてやった。視線《しせん》を感じたか、そいつは和彦をチラッと見て、目をそらした。

おれは絶対忘れないぞ。

さらに、そいつをにらんだ。

それぞれの思いを抱《かか》えた町の人たちはいつ、爆弾が落とされるか、不安の毎日を送っていた。

夜は電気の明かりが漏《も》れないよう、黒い布をかぶせる。寝るときは名札のついた洋服を着たままだ。そして、枕元には貴重品《きちょうひん》の入ったカバンと防空頭巾、水を入れた水筒を必ず、おいた。

9 大空襲

《1945年（昭和20年）3月
中等学校3〜4年生》

この年（昭和20年）の3月10日午前0時15分、空襲警報のサイレンがけたたましく闇夜を駆け抜けた。だが、そのとき、すでに空襲が始まっていた。

アメリカ空軍のB29爆撃機は大隊列に増《ふ》え、甲高い金属音を発し、江東区方面へ飛んでいった。そして、巨大な鳥の大群のように空を黒く埋め尽くし、焼夷弾《しょういだん》を情けようしゃなく落とした。

焼夷弾はまるで打ち上げ花火のような光の帯をわがもの顔に舞い、落下。地上のあらゆるものを燃やしつくした。

一晩中、燃えさかり、夜空を真っ赤に染めるほどのひどい空襲は未だかって経験したことはなかった。

親工場がある田端方面にも炎が上がり始めた。

尾久は幸い一部だけで、和彦たちが住む地域は無事だった。が、その恐ろしさに震え上がった。親工場の社長たちは無事、逃げられたのだろうか。心配でたまらなかった。

「あの社長のことだ。きっと、どこかへ逃げてるよ」

父さんの言うことは気休めにしか聞こえない。たくさんの人々が炎に巻き込まれたのだ。もし、助かっていたら、奇跡としか言いようがない。和彦は社長の姿が目に浮かび、ただ無事を祈ることしかできなかった。

「このまま、女こどもが東京にいたんでは危ない」

父さんは母さんやみつ子を心配し、福島の知り合いに疎開《そかい》の受け入れをたのんだ。知り合いからすぐ〈承知しました〉との返事が届いた。そこは山あいの村で、爆撃の心配がないところだという。

1週間後、母さんとみつ子は疎開することになった。父さんと和彦は留守番役だ。大きな機械や貴重な道具類がたくさんおいてあるので、全員疎開するわけにもいかない。最近、どろぼうが疎開した空き家をねらう例が多くなったためだ。

父さんの仕事は親工場が戦災にあい、材料が届かなくなってしまったため、銃床を作れなくなっている。

それについて、軍からは何も言ってこない。ということは作らなくてもよい、と判断すればよいのだろう。

「いつ軍からお達しがくるか分からないが、当分は作らなくてもよくなったことだけはいいことだ」

父さんは工場の中を見まわした。


疎開の準備で忙しくしていたある日。

「こんにちは」

工場に顔を見せたのは、なんと、親工場の社長だった。

「みんなさん元気でやってます?」

笑顔いっぱいの、あいさつだった。

「社長!」

父さんの大声が工場の中でひびいた。

何かを削ろうと、モーターのスイッチを入れたばかりだった。

「どうしてるかと、心配してたんですよ。無事で何よりでした」

急いでモーターのスイッチを止めた。

和彦は母さんに知らせようと、奥のへやへ走った。

「ほんとに、奇跡《きせき》ですよ。あたしの家族、女房も息子たちもみんな助かったんですよ。いえね、こいつあ危ないな、こっちへくるなと、勘《かん》が働いたんでね、やられる前に持つ物もって、早々に逃げたんですよ。燃えなきゃあ、戻ればいいことだから。なにしろ、お宅もそうだけど、うちも燃える材料が揃《そろ》ってるから。1発落ちれば、あっという間に終わりでしょ？　さっさと逃げて正解だったわけですよ」

社長は相変わらず、しゃべりまくった。

「まあ、社長さん、よくぞご無事で。本当によかったですね」

母さんも奥から走り出てきて、挨拶《あいさつ》した。

「まったく、地獄《じごく》でしたよ。あんな経験、まっぴらです。早めに逃げたって、下手すりゃ、危なかったんだから。追って来るように焼夷弾を落とされりゃあ、生きた心地はなかったですよ」

「大変でしたね。相当な人たちが亡くなった中で、ご家族のみなさん、ご無事でなによりでしたね。それで、今、どちらに？」

「女房の実家が千葉の成田《なりた》なんで、そこでやっかいになってるんです」

「成田なら、空襲の心配もないでしょうね」

「東京よりは安全かもしれないけど、こればっかりは分かりませんよ。アメリカさんのお考え一つだからね」

社長はしゃべりながら、しょっていたリュックを下ろした。

「成田はほとんど農家だから、食べるものが豊富にあるかと思ったら、とんでもない。なにせ、働き手の男たちは兵隊にとられているし、B29は頭の上に飛んでくるしで、生産がはかどらないんですよ。女房の実家も農家だから、唯一の男、あたしがやらなきゃならないはめになっちまってね。アッハッハッハ」

社長は大きな口を開けて笑った。

そして、「おみやげに」と、大きなリュックから、サツマイモやニンジン、大根をごっそりと、出した。

みんなの目はたくさんの野菜に釘付《くぎづ》けになった。

「こんなにたくさん、どうしましょう」

おろおろとしている母さんに父さんが言った。

「関田やタツさんにも分けてあげたらいいじゃないか」

「そ、そうですね。それがいいわ」

社長はそんなようすをニコニコして、見ていた。

「ところで森池さん。戦争がおわったら、また、工場を再建するつもりです。ぜひ、いっしょにやりましょうよ」

「おお、いいですね。こちらこそ、ぜひ、お願いします」

父さんはサッと社長に両手を差し出した。社長は父さんの手を握り、言った。

「どうせ、この戦は負けですよ。もうすぐ、終わるでしょ。そうすりゃあ、こっちのもんだ。やりましょう」

2人は握った手を何度も上下に振った。

あくる日、タツおばさんと高ちゃんが来て、秩父の田舎へ疎開すると言った。

母さんも福島に疎開することを告げた。

「戦争が終わったら、また、ここに戻って来いよな」

和彦は胸が苦しくなるのを抑《おさ》えて、高ちゃんに言った。

「決まってるだろ。絶対戻る」

高ちゃんはちょっとこわばった顔で白い歯を見せた。

社長からもらった野菜のおすそ分けを出すと、

「こんな大切なものをちょうだいして、ありがとうございます」

深々と頭を下げた。

「元気でな」

和彦は高ちゃんの目をじっと見た。目がじわっとしてきた。

高ちゃんの目も光っていた。2人は手を握り合った。

母さんとタツおばさんはかっぽうぎのすそで涙をふいていた。

母さんとみつ子があわただしく出発し、父さんが福島まで送っていった。ゆっくり、別れを惜《お》しむひまさえなかった。

がらんとした家の中は淋しさが押し寄せてくる。残された父さんとの生活に不安があったが、このまま、家族全員、東京にいたのでは誰も助からないだろう。生きたい、家族みんなの命を守りたい、ただ、それだけだった。

食事はさらにみじめになった。食券が配給されたが、1日1人、2食分しかない。近所の食堂へ行けば雑炊《ぞうすい》が食べられる。

しかし、雑炊とは名ばかりで、わずかに雑穀《ざっこく》が浮いたしゃぶしゃぶの、まるでしょうゆ汁。和彦はそれを毎日買いに行き、2食分を3回に分けて食べた。他に配給のまずいサツマイモを少しずつ、ふかして食べる。ほんのわずかの米はすぐなくなってしまう。だから、いつもおなかをへらしていた。

母さんだったら、工夫して、もう少し、ましなものを食べさせてくれるのに。

和彦は母さんが作ってくれたごはんを思い出しては、唾《つばき》を飲み込み、じっと我慢をした。

父さんと和彦はいつ空襲が来てもいいように、逃げ出せる準備をした。

家財道具は最少限度《さいしょうげんど》必要な物だけを残し、持っていきたい物をリヤカーに積み、幌《ほろ》をかけ、工場の中においた。

父さんが言った。

「いいか、防空壕はかえって危ないから、入るな。田端方面へ逃げる。この間の空襲で、燃えるものはもう何もない。だから、あそこはねらわないだろうし、燃え広がる心配もない。線路を渡れば命は助かるからな」

「分かった。いい考えだね」

「隣組と相談したんだ。みんな命は惜しいから、消火なんてしていられないとね」

「みんな、考えていることは同じなんだ」

「そうさ。いざとなれば死にたかないさ。虫けらだって、危いときは逃げるぞ」

「ほんとだね」

2人は顔を見合わせ、にが笑いをした。

父さんはタモで作った1メートル位の板状《いたじょう》の棒《ぼう》を和彦の手に持たせた。

「お前はリヤカーの後ろについて、もし、荷物に火がついたら、この棒で、はたいて消すんだぞ」

「ラケットが火消しの棒になっちゃった」

棒をよく見ると、きれいにカンナがかけられ、持つところが痛くないように丸く滑らかになっていた。こんなところにも父さんのこだわりが分かる。

「戦争が終わったら、ラケット作り、また始めるんでしょ？」

和彦は確認したかった。

「そのつもりだ。社長も言ってるし、もっといいものを作る」

「もし、空襲で焼けちゃっても？」

「そうだな」

父さんは右端の口を上げ、少し白い歯を見せた。

父さんの自信を感じる。


4月、中等学校4年生になったが、相変わらず、学校での授業は行われず、何をすることもなく明け暮れた。

4月13日の宵の内だった。けたたましい警戒警報のサイレンが闇夜《やみよ》を切り裂き、すぐ、空襲警報に変わった。

和彦は父さんと目があった。

「急げ！」

和彦は上着を着て防空頭巾《ズキン》を、父さんはゲートルを巻き、防空頭巾もかぶる。遠くの方から不気味な金属音が……。

ギイーーーン
あっという間に、頭の上で轟音《ごうおん》が轟《ひび》いた。そのとき、
ザーザーザーザーザー！

もっとも恐れていた焼夷弾の落下音だ。音が重なって聞こえるから、たくさん落としているにちがいない！

和彦が勢いよく窓を開けると、花火のような光の線がいく筋も空中で舞い、隣の家の屋

根が燃え出すのが見えた。

「隣から火が！」

「逃げるぞっ！」

2人はふとんなどの荷物をリヤカーに積む。打ち合わせ通りだ。

何10機ものＢ29の爆音と、焼夷弾《しょういだん》が落下してくる音が重なり、頭の上で轟音が渦を巻いた。

恐怖心が襲い、心臓が激しく打ち鳴らす。

2人はバケツに入れておいた水をザッと頭からかぶる。父さんはリヤカーの持ち手の中に入ると、ガラス戸を勢いよく開けた。

和彦はリヤカーの後ろにつき、火消し棒を握りしめた。

「行くぞっ」「はいっ」「それっ」

父さんの掛け声と同時にリヤカーは焼夷弾の雨と火の海の中に飛び込んでいった。

熱い！

少し走ったところで、和彦は後ろを振り返り、我が家を見た。すでに軒先から炎が激しく噴き出している。

一瞬、胸にこみ上げてくるものがあった。が、感傷《かんしょう》に浸《ひた》っている暇などない。逃げるのみ。

熱い！　熱い！

熱さを必死でこらえる。死の不安がよぎる。くそっ。

「和彦ー！　大丈夫かー？」

「はい。大丈夫！」

ときどき大きな声をかけてくれる父さんがとてもたのもしく思えた。

和彦は夢中で幌を棒でたたいた。

計画通り、隣組の人たちと操車場《そうしゃじょう》の線路をわたり、田端方面へ逃げ、全員が助かった。前もって打ち合わせをしておいて、ほんとうに良かった。


関田さんの家が幸いにも焼けずにすんだ。

関田さんの好意でしばらくの間、世話になることになった。

あくる日の午後、焼け跡へ父さんと関田さんと3人で見に行った。何か使えるものがあればと、スコップと南京袋《なんきんぶくろ》をリヤカーに乗せ、出かけた。

焼け跡の町は3月10日の大空襲の跡《あと》と同じ景色が広がっていた。熱と焦げ臭さが鼻をつく。和彦は吐き気を感じ、鼻と口を手拭いで押さえた。

「予想通りだな」

父さんがポツリと言った。

3人はだまって歩いた。結果は見なくても分かっている。でも、この目で確かめるため、共に生活し、働いていたところに向かって歩いて行った。

和彦はそんな空気を破《やぶ》りたかった。

「小さいころ読んだ本で、魔法を使えるお坊さんがいたんだ」

「へえ、どんな本なの？」

関田さんがあいづちを打ってくれた。

「戦いで田畑はいたるところ、ふみつぶされ、実っていた稲は倒されたので、百姓たちが泣いていたんだ。そこに、お坊さんが来て、田畑に祈りを捧げて、大きなお数珠《じゅず》を勢いよく振った。すると、田畑は青々とした野菜が伸び、黄金色《こがねいろ》の稲がざんさ、ざんさと風にゆれたんだとさ」

「すごい話だね。今、そんなお坊さんが来てくれたらいいね」

「うん。エイッって、お数珠を一振りすると町がまた元通りになるんだ」

「元通りか」

関田さんが辺りを見回した。和彦も見回した。

「つまんない話をして、ごめん」

「いや、誰だって、そう思うよ。こんなにひどい目にあったんだから」

関田さんは和彦が夢物語を話しても、決して軽蔑《けいべつ》しなかった。

父さんは一言もしゃべらず、口をへの字にまげたままだった。

ここはどこかと、分かるのは道路と不思議に残った鉄塔だけだった。目的地にだんだん近づいたようだ。

「この角から1本、2本目の角を入ったつき当り」

関田さんが路地を数え、鉄塔を見上げ、位置を確かめた。

「ここだ」

3人は焼けただれた場所を見つめた。

予想していた通りの光景だ。

ここは2日前まで、和彦たちの生活の場だった。

ガラクタに変わってしまった物たちが、とまどったふうに転がっている。

ここが工場。高速で回っていた円盤型の電動ノコは花形だった。これがなければ、何も形が作れない。

父さんと関田さんが木材を慣れた手つきで、自由にあやつっていた。その自信たっぷりの姿が目に浮かぶ。和彦だって、いっぱしに使いこんでいた。情けないことに、それと判断できないくらいに溶け、他のものと合体し、ただの鉄の塊になっていた。

水屋の蛇口が折れ曲がり、頭をたれて、水をチョロチョロ出していた。父さんが南京ガンナの刃砥《はと》ぎをしているとき、

〈水を大切にしろっ〉

父さんに平手打ちをされたっけ。

玄関の所にグニャグニャに丸まった物体があった。よく見ると、すき通ったガラスだ。

ガラス戸にはめてあったガラスに違いない。

工場の入り口のガラス戸の所にも同じような固まりが転がっている。

奥の台所はタイル張りの流しが下に落ち、欠けていた。蛇口《じゃぐち》は曲がって、地面にころがっている。

ここは母さんが毎日食事を作ってくれた所。たとえ薄い雑炊《ぞうすい》でも母さんのぬくもりがあった。

庭の玄関横には父さんが作ってくれた木馬が2体あった。

大きいのは和彦が小学生のころ、戦争ごっこで使った。木馬にまたがると、大将になった気分になったっけ。

小さいのはみつ子がよく乗った。木馬が大好きで、キャッキャッと笑い声を立てた。それらは跡形《あとかた》もなかった。

これから、どうすればいいんだろう。ながめていた光景が涙でかすんできた。

〈焼けてもラケットは作る〉

父さんが言っていた。そっと、涙をぬぐい、父さんの横顔を見た。父さんはぼうぜんと機械の塊を見続けている。声が掛けにくい。関田さんも盛んに鼻をすすっている。

ここで〈また、やろうね〉なんて、現実味のない言葉はとても言えない。

「覚悟はしていたが……」

父さんがつぶやくように言った。

「親方、ほんとうにつらいです。おれも、ここで、長い間、働かせていただきましたから」

関田さんはまた、鼻をすすった。

「でも、親方。工場はなくなっても。ご家族みんな、無事だったのは不幸中の幸いでした。家族が一番の宝です」

「うん。たしかにそうだが……」

父さんはそれ以上何も語らず、焼け跡をじっと見すえた。

関田さんは鼻をかむと、和彦の背中をつついた。

「たしか、瀬戸物《せともの》を庭に埋めたよね」

「うん、そうだよ」

「掘り出してみようか」

関田さんがリヤカーに乗せてあるスコップで庭を掘り出した。土の中も熱が残っていて、箱は真黒にこげている。

中を開け、温かみがある皿を取り出した。

その瞬間、皿はピン、とかすかな高い音を発し、ひびが入ってしまった。

また、1枚出すと、同じような高い音を発し、割れてしまう。次々と取り出した瀬戸物は一つも使い物にならなかった。

関田さんはひびの入った皿をながめた。

「これじゃあ、使い物にならない。残念だけど、また、埋めてしまおう」

「まるで、瀬戸物の墓場だね」

2人でまた、土の中に埋めた。

和彦は防空壕をポンポンたたいた。

「こんなもん、なんの役にも立たなかった」

中は炎が入ったのだろう、真っ黒にすすけている。ブルッと身震いがでた。

と、そのとき、

「ああ、せいせいしたー。気分そうかいだー。あっはっはーだ」

父さんの大きな声があたりにひびいた。

和彦と関田さんは顔を見合わせた。2人に緊張《きんちょう》が走る。とうとう、気が狂ったか。

「父さんっ、どうしたの？」

和彦たちは父さんのところへ走った。

「おれの役目は完全に終わった。もう、銃床なんか作らなくてもいいんだ」

「作れと言われたって、作れないもんね」

和彦があいづちを打った。

「銃床なんか、くそくらえだーっ」

「父さん、そんな大きな声で言ったら、特高がまた、来るよ」

「なあに、来やしないよ。社長も言ってたじゃないか。おんなじ空の下。やられるときはみな、おんなじさ。もう、こうなったら、監視どころじゃないだろう」

「そうかもしれないけど」

和彦があたりを見回したが、近くには誰もいず、安心した。

「だけど」

父さんが急に低い声で言うと、足元のガラクタを見つめた。

「おれはいやだと思いつつ、どんどん作り、金をもらっていた。卑怯者《ひきょうもの》かもしれん」

「そんなことないですよ」

関田さんが目を見開いた。

「革のムチだの、こん棒でなぐられ、ふみつけられたり。殺されるかと思った」

「父さん……」

「だから、謝《あやま》って、一生懸命作ると、言ったんだ。それでも、続けてやられた。ほんとに恐ろしかった」

父さんはあのときのことを初めて打ち明けてくれた。

和彦は変わり果てた父さんの姿がよみがえり、冷たい物が一瞬、体の中を走りぬけた。

関田さんは父さんを必死でなぐさめた。

「だから、みんなこわくて金をもらい、黙って協力してるんです」

「ラケットを切り刻んだとき、ラケットに〈すまん、許してくれ〉って謝《あやま》った。おれは要《よう》領《りょう》が悪くて、おろかもんだ」

「ちがうよっ」

和彦は大きな声で言った。

「父さんはまじめなんだ。ラケットへのこだわりが強いからだ。おれ、そんな父さんが好きなんだよ」

「和彦」

父さんはおどろいたようすで、和彦を見た。

「そうですよ。ラケットを切ったとき、一番つらかったのは親方です。そんな親方を尊敬しています」

関田さんはまっすぐ父さんに向った。

「ありがとう。だけどな。〈お前は卑怯者《ひきょうもの》だ〉って言うもう1人の自分をそう簡単には消せないだろうよ」

「親方、東京はどこも焼野原で生産工場は全滅《ぜんめつ》ですよ。だから、戦争はもう、長くは続かないです」

「だろうな」

「戦争が終わったら、ぜひ、工場をまた、建ててください。希望をもってやっていったら、そんな声消えちゃいますよ」

「そうかな」

「親工場の社長も親方に〈腕を鳴らしてほしい〉って言ってましたからね」

「たしかにな。再建したら、関田、よろしく頼むよ」

「もちろんです。ぜひ、新しい森池ラケットを」

「新しい。そうだ、うん」

父さんは深くうなずいた。

和彦が勢い込んで言った。

「おれ、ラケットの勉強したいから、協力させて」

「頼むよ」

父さんの低い声に力がこもっていた。

ラケットづくりに生きがいを持っていた2人。使いこなした機械がなくなったショックをなんとか克服《こくふく》しようとしている。

まだ、戦争は終わっていない、これからだって、なにが起こるかわからない。

もし、戦争が終わったら、また、工場を建てられますように。

和彦は祈らずにはいられなかった。

「どこの工場でも戦争に協力したのに、その戦争で工場をすべて、灰にされた。ばかげた話だとは思わんか」

父さんは関田さんに問いかけた。

「そうですね。まったく、そう、思います」

関田さんは大きくうなずいた。和彦もうなずいた。

3人の影が焼け跡のガラクタの上にいびつな形でのびていた。

結局、リヤカーに積むものは何もなかった。空のリヤカーは和彦が引いた。帰りの道のりは遠く、3人は会話もなく歩いた。

急に、関田さんが立ち止まった。

「そうだ。寄《よ》り道《みち》しよう」

「どこ行くの?」

和彦は不審に思った。

「ウフフフフ。お、た、の、し、み」

関田さんは意味ありげに片目をつむった。

「こっちですよ」

脇道《わきみち》に入り、急ぎ足になった。


「エッ。ここは……」

和彦は目を見張った。連れて行かれた所は缶詰《かんづめ》が山のように積まれていた。

「そうだ! ここ、缶詰工場だったもんね」

「うん、やっぱり、思った通りだ」

関田さんは顔をくちゃくちゃにして笑った。

「すごいもんだ」

父さんも立ちつくしている。

ふくれてしまったのもあるが、無事なのもたくさんある。すでに取っている人もいるが、数名の少ない人数だ。

「いただきましょうか」

関田さんの号令に、缶詰の山にかけよった。

牛、鮭、いわし、かに、きのこ。くじら。

こんな豪華《ごうか》なものが山とあるなんて、不思議だ。庶民の目に触《ふ》れなかったものばかりだ。

いったい誰が食べていたんだろう。

和彦は疑問がわいたが、いつの間にか缶詰を拾うのに夢中で、そんな疑問はどこかへ吹き飛んでしまった。

缶詰は焼け焦げて転がっていたドラム缶に入れることにした。

父さんと関田さんの2人でドラム缶をリヤカーに乗せた。

ガラガラガラン。

缶詰を入れたとき、大きな音を立てた。

「もう、これぐらいでいいだろう」

父さんがドラム缶の中をのぞいた。8分目ぐらい入っている。

「みんなだって、食べたいだろうからな。適当なところで、やめとこう」

まだまだ缶詰の山は崩れていない。３人の気分が少し晴れた。

「さて、次へ行きましょう」

関田さんがまた、号令をかけた。

「まだ、あるの？」

「大ありです」

関田さんは自信たっぷりにまた、片目をつむった。

「と、すると、米屋か？」

父さんが聞くと、

「大当たり！」

関田さんが声を張り上げた。

米屋にも米が山になっていた。米は配給の量がどんどん少なくなってきている。このところ、しゃぶしゃぶの雑炊しか口に入らなくなっている。

「米だ、米だ」

和彦は思わず口走った。

上のほうは焦《こ》げていたが、下をほじくれば白い米が現れた。きな臭さが気になったが、これを拾わないほうはない。

缶詰といい、米の山といい、夢ではないかと、和彦はほっぺたをたたいた。

「夢じゃないっ」

関田さんが笑って胸をそらせた。

「われながら自分の勘《かん》の鋭さに感心する」

「ごちゃごちゃ言ってる暇はないぞ」

父さんはもう、米の山をかきだしている。

米は南京袋《なんきんぶくろ》いっぱいに入れ、洋服のポケットにも詰め込んだ。

「重くなった。帰ろう」

父さんは南京袋の口をひもでしばった。

3人の表情はさっきの暗さなど忘れたみたいに明るくなった。

「これで、当座《とうざ》はなんとかしのげそうだな。関田のおかげだ」

父さんはやっと笑顔を浮かべた。

「ほんとだね。関田さん、ありがとう」

和彦もお礼を言った。

帰り道、缶詰の疑問を思い出した。

「父さん、どうして豪華な缶詰があんなに山のようにあったの？　配給の中にはなかったよ。お米だって、あんなにあるじゃないか」

「世の中は星と碇《いかり》に闇に顔、馬鹿者《ばかもの》のみが行列に立つ」

父さんが訳の分からないことを言った。

「ああ、そうそう、まさしくそれですね」

関田さんがうん、うん、とうなずいた。

「なに？　今なんていったの？」

和彦には分からない言葉だ。

「〈ホシ〉は徽章《きしょう》が星の陸軍、〈イカリ〉は戦艦の碇《いかり》で海軍、〈ヤミ〉は庶民が知らない所で、闇の商売で大もうけする企業家、〈カオ〉はそういう人たちや政治家の特権階級《とっけんかいきゅう》、〈馬鹿者《ばかもの》〉は庶民の意味なんだよ」

「へえー、そうか」

「それで、だいたい察しがついたかと思うけど、要するに〈今の世の中は軍関係や政治家、大企業が得《とく》をし、庶民だけが物が何もなく、配給や何か売ると聞けばすぐ行列に並ばなくては何も手に入らない〉という意味なんだよ」

「缶詰工場や米屋はいい証拠でしたね。あの山を見て、やっぱり、と思いましたよ」

「うん、見て納得《なっとく》したな」

関田さんと父さんはうなずき合った。

「うまいこと言うね。誰が言ったの？」

「誰が言ったかわかんないんだよ、和ちゃん。きっと、初めに言った人から、次々と伝わったんだろう」

「口には戸が立てられないからな。いつの世でも、得をする特権階級があるんだ。われわれには縁がないけど」

父さんははき捨てるように言った。

「庶民にはいいことないね。でも、今晩はいいことあるよ。大ごちそうだ」

和彦は卓袱台《ちゃぶだい》に並んだごちそうを頭にえがき、ゴクンとつばを飲み込んだ。

途中、前方から歩いてきた夫婦らしき2人とすれ違った。そのとき、関田さんが声をかけた。

「もう少し歩いた所に焼けた缶詰工場の缶詰がたくさん拾えますよ」

「えっ、缶詰？」

2人が目を向いた。

「これ、今、拾って来たんです」

ドラム缶を指さした。

「どれどれ、ちょっと、失礼」

ドラム缶の中をのぞいた2人は、

「えーっ」

「まあっ」

大きな声を出した。

「この道を左に行けば、お米屋さんですよ。これ、お米」

関田さんは南京袋を軽くたたいた。

「ひえーっ」

2人は揃《そろ》って突拍子《とっぴょうし》もない声を発した。

「ありがとうございましたっ」

ぺこりと頭をさげ、缶詰工場の方へ走りだした。男の人は足が速くて、女の人が遅れている。

「あなた、ちょっと、待ってくださいよ」

「お前を待ってたら、缶詰がなくなっちゃうよ。後から来いっ」

「手ぶらじゃ拾えないでしょ。ふろしき持ってってくださいよ」

男の人はあわてて戻り、奥さんからひったくるようにふろしきを手に取ると、また、走り出した。

「まったく、あわてんぼうなんだから」

奥さんは振り返り、笑って、こちらに挨拶をすると、小股《こまた》で走り出した。

3人はしばらくの間、駆けてゆく2人の後ろ姿を見送った。

「おれたちに会えて運が良かったですね」

関田さんが明るい調子で言った。

「あの山を見ればもっと、おどろくだろう」

父さんはニタッと笑った。

夕飯は缶詰のごちそう。それに、久しぶりの銀シャリ。

牛と、きのこをみんなで分け合い、ご飯の上にのせる。おつゆがご飯にしみて、牛丼のでき上がり。

食卓を囲んだみんなの顔は知らず知らずにほほがゆるむ。

でも、この銀シャリはきな臭かった。

「よくといたんだけどねえ」

関田さんのおふくろさんは眉をよせた。

「お母さんのせいじゃないよ。大量に煙を吸ったから、きな臭さがとれないんだよ。少々臭くても、ご飯が食べられるんだから、言うことなし、ってなもんだ」

「そうねえ。食べられないこと思ったら、夢みたいね」

関田さんのおふくろさんは顔をほころばせ、ご飯を口に運んだ。

「缶詰のおつゆがしみて、そんなに感じないよ。おかわりしていいでしょ？」

和彦は父さんをそっと見た。

「今日だけ、特別だぞ」

父さんも今日は甘い。

「闇の顔の人たちって、いつもこんなおいしいもの食べてるのかなあ？」

和彦は牛の切り身を口に入れた。

「多分そうじゃないかな。父さんには分からんが、缶詰より、もっとうまいものだってあるだろうし」

「うらやましいなあ」

和彦が思わず、口をすべらせた。

「父さんは悪いことまでして、うまいものを食おうとは思わん」

父さんはギュッと、和彦をにらんだ。

「えっ、だって、工場から盗ってきたものを今食べてるよ」

ぶっ。

関田さんが口に入っているものを吹きだしそうになり、あわてて、口を押えた。

父さんは返事に詰まったようで、ゴクリとご飯を飲み込んだ。

「これは、悪いことをして手に入れたんではない。丸焼けになった工場のゴミだ。だから、どうどうともらっても罪にはならん」

「うっ」

顔色一つ変えず、そう言うと、深くうなずいた。

自分の言葉に納得したふうだった。

「そうか、じゃあ、安心して食べていいんだね」

「うっ」

父さんはかすかに返事をした。

「なるほどね。そう考えればいいんですね。親方が言ってることは道理がありますよ」

関田さんが感心している。

和彦がそのすきに、少し残っていた牛缶を持ち上げた。

「これ、もらっちゃお」

「あっ、和ちゃん、ずるいっ」

関田さんがあわてて、はしをもった。

和彦は自分の茶碗に缶詰をサッと傾け、満足そうに白い歯をみせた。

10 父さんのふるさと

《1945年〜47年（昭和20年〜22年）
中等学校4年生〜5年生、卒業》

1945年（昭和20年）8月15日、太平洋戦争は日本が負け、終わった。

日本は1931年（昭和6年）満州《まんしゅう》事変《じへん》から始まり、1937年（昭和12年）日中戦争から太平洋戦争と続き、15年間もの間、戦争を続けていたのだ。

和彦は抜けるような青空をあおいだ。

もう、敵機が飛んでくる心配のない青空。本当に美しいと、思わず深呼吸《しんこきゅう》をした。

命をおびやかされなくなった安心感が大きな喜びとなって広がっていった。

日本軍の勝利を連日流した「大本営発表」はまったくの嘘八百《うそはっぴゃく》だったことが、しばらく

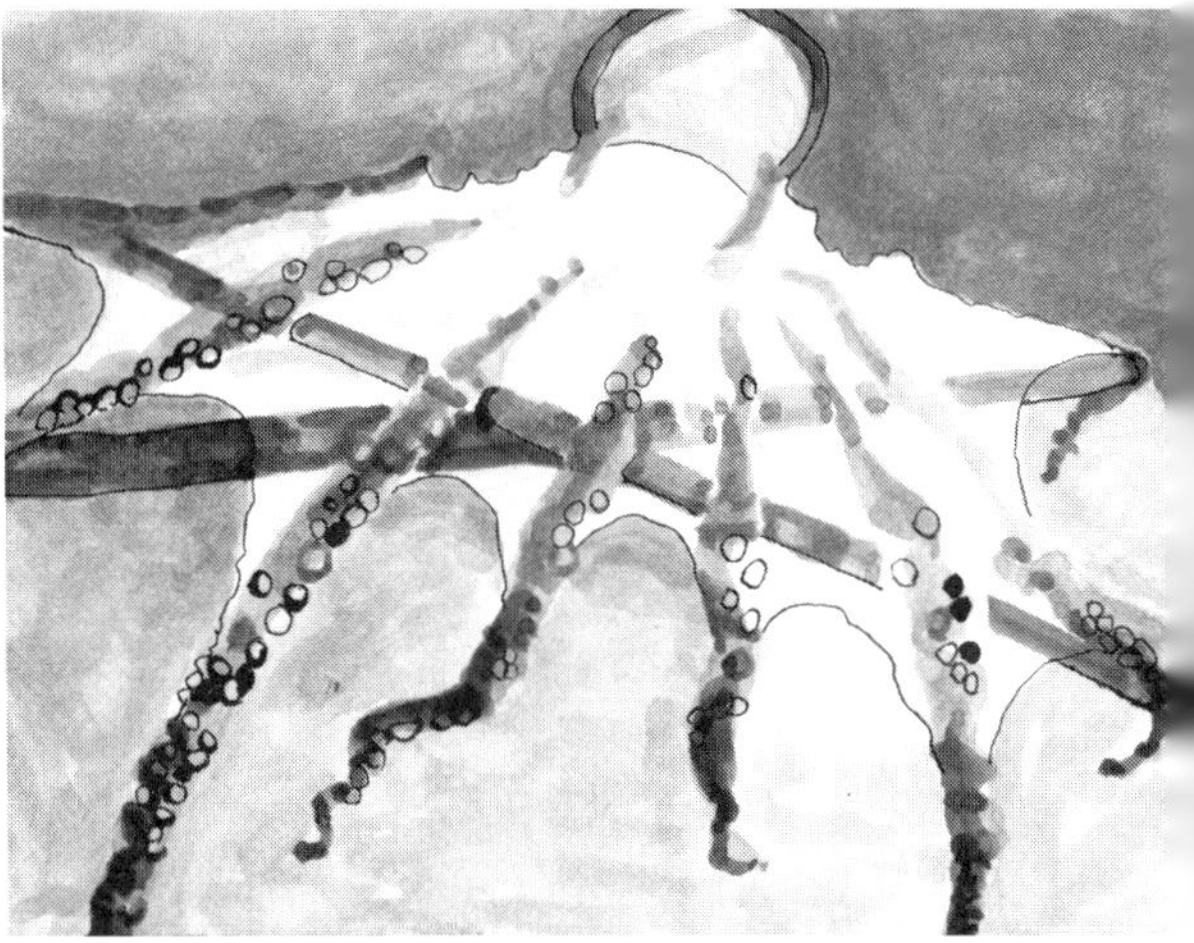

してわかった。

「そんな、バカな。戦死した人がうかばれないじゃないか」

群おじさんや柏木さんの顔が浮かんできた。

「父さんはあんなつらい思いをさせられて。佐々木さんだって、ささいなことで目までつぶされて。おまけに家までも。負けてんだったら、さっさと、やめればよかったんだっ」

和彦は国家がだましたことへの怒り、だまされた悔しさで、国への不信感がムクムクと、わいた。


家族は住む家もないので、寒くなる前に、和彦を残し、父さんの生まれ故郷、愛知県知《ち》多半島《たはんとう》の海辺《うみべ》の町へ住まいを移した。

「愛知なら、食べ物があるから、行こう」

父さんの提案《ていあん》で、愛知に決めたのだ。

学校制度は当分の間、今までのまま、続けられることになり、和彦は中等学校卒業までの1年余りを関田さんの家で、お世話になり、通うことになった。

和彦は引っ越しを手伝うため、愛知へいっしょに行った。

一家が住む借家《しゃくや》は道路に沿って、南から北に向かって長くのびていて、外壁は板囲いもなく、荒壁《あらかべ》がむきだしのまま。しかも、少し傾《かたむ》きかけているらしく、反対側につっかえ棒が何本も家をささえていた。

部屋は6畳《じょう》と3畳が並び、6畳の部屋には一間《いっけん》と三尺《さんじゃく》の押し入れがあった。

土間《どま》は二部屋を囲むように鉤《かぎ》の手になっている。3畳間のとなりの土間の向こうには納《な》屋《や》があった。

納屋《なや》の入り口に板戸がついていたのは救いだった。納屋の奥に便所があるからだ。

おどろいたのは部屋には天井板が張ってなく、部屋と土間との境の障子《しょうじ》もなかったことだ。

まるで、芝居《しばい》の舞台《ぶたい》のようだと、和彦は思った。

天井を見上げると、太い梁《はり》が横たわり、その上をネズミが走り、薄茶色の屋敷蛇《へび》が長くねそべっていたのには、もっとびっくり仰天《ぎょうてん》。

「きゃーっ」

みつ子が和彦にしがみついた。

「屋敷蛇はな」

父さんが静かに言った。

「家の守り神だ。そっとしておくのが蛇への礼儀だ」

屋敷蛇はするするっと梁づたいに、誰もいない納屋の方へ行ってしまった。

〈うるさい人間どもだ〉なんて思ったのかもしれない。

6畳間の前の土間には井戸があり、フタはなく、長いロープにくくりつけられた小さなおけがおいてあった。これで水を汲《く》むのだ。井戸にくっついて、粗末な流し台がおかれていて、隣にかまどがあった。

焚口《たきぐち》は2か所、その奥に小ぶりの穴があり、やかんなどを置き、お湯が沸かせられるようになっている。

温暖地域とはいえ、冬は寒いだろうが、かまどに火を焚けば、へやは少し温まるはずだ。

風呂はなく、銭湯もないので、向かいの家で入れさせてもらうことになった。それを〈もらいぶろ〉というのだそうだ。

風呂を入れてもらうかわりに、風呂の家のご主人が便所の排泄物《はいせつぶつ》をくみ取る。畑の肥料として貴重品《きちょうひん》なのだ。持ちつ持たれつの関係だが、こちらは便所のくみ取りはしてもらうわ、風呂には入れてもらうわで、ありがたい関係をつくった。

父さんと母さんは

「こんなあばら家でも雨露《あめつゆ》しのげるんだから、これで十分」

と、言った。

引っ越しの荷物は焼け出された者にはわずかしかなかったから、わりと早く片付いた。

家具類は茶ダンスと、小さな食器戸棚だけだった。父さんの兄の伯父さんが指物師《さしものし》で、タンスを作ってくれた。伯父さんは隣町に住んでいたので、引っ越しに間に合うように作ってくれたのだ。

唯一、タンスだけがピカピカに見えた。

父さんの兄弟も器用なんだと、感心したり、感謝したりした。

母さんなんか、タンスを拝んで、伯父さんに笑われた。

荷物の中から、チリトリが出てきた。空襲から逃げるとき、和彦がとっさに、リヤカーの中に突っ込んだのだ。

母さんはチリトリを胸に抱いた。

「なんだか、遠い昔の物を見つけたような気がする。これができてから、いろんなことがあったわねえ」

母さんはじっと、チリトリを見続けた。

「そうだなあ。いろんなことがなあ」

父さんもチリトリに目をやった。

「あの当時、父さんの故郷で生活をするようになるなんて、夢にも思わなかったもの」

「うん」

父さんはそれ以上、何も言わなかった。きっと、想い出したくなかったのかもしれない。

「これも人生。こうなったら、やるしかないですね」

「うん、そうだな」

父さんは深くうなずいた。和彦は両親の覚悟を感じた。

家から5分足らずで、海に出られた。

白砂が波打ち際に沿って広がり、曲線を描き、遠くまで続いている。波は穏《おだ》やかで、波打ち際でくだける波の音はポチャン、ポチャンとやわらかく、ほんの少しの泡といっしょに静かに引いていった。砂浜を上がったところ一帯に松林が続いている。

松に、白砂、青い海、まるで絵に描いたようだった。

海の向い側に高い山並みが見える。

「あの山は鈴鹿山脈《すずかさんみゃく》。左の方に見える小さい2つの島は日間賀島《ひまかじま》と、篠島《しのじま》だよ」

父さんがそれぞれ指をさした。

和彦は居酒屋の〈おゆき〉で、ふるさとのことを父さんから聞いたのを思いだした。

「父さんはこんなきれいな海で泳いだり、魚を捕《と》ったりしてたんだね」

「うん、これからは捕れ立てのうまい魚を食わしてやるぞ」

「お魚、みつ子、食べたいっ」

みつ子は喜んで飛びはねた拍子に足を砂にとられ、転んでしまった。が、そのまま砂に腰を下ろし、手で砂をしゃくった。

砂は小さな手の平から、さーっと、かすかな音をさせ、流れ落ちた。みつ子はおもしろがって、何度も砂をしゃくっては落としていた。

「なんて静かなんでしょう。やっぱり、平和がいいっ」

母さんは思いっきり、うーんと深呼吸をした。

「ほんとだね」

和彦も顔を上に向けたまま両手をあげ、思いっきり、大きく息を吸って吐いた。体の中の血がかけまわり、新しい力がわいてくるような爽快《そうかい》さを感じた。

みつ子も真似《まね》をして、はちきれんばかりの笑顔を空に向け、両手を上げた。

和彦の中等学校生活は家族と離れていたが、関田さんがそばにいてくれたし、勉強も十分打ち込めたので、楽しくて、充実感《じゅうじつかん》に満ちていた。

今までの学校生活は、勤労動員や軍事教練や「命を惜しむな」と戦争のことがほとんど。勉強らしい勉強などできなかった。

それに比べ、最後の1年余りの間だけが、勉強らしい勉強がみっちり、できたのだ。

あくる年、1946年（昭和21年）11月3日、新しい「日本国憲法」が発布《はっぷ》され、学校の授業で取り上げられた。

「戦争は今後一切しない。武器も持たない。世界平和のために力を尽くすこと。国民のあらゆる権利、人権が守られる」

といった内容が前文と第一章から一〇三章まで記《き》されていた。

和彦たち生徒は感動をもって、授業を受けた。

新しい憲法はその次の年の5月3日施行《せこう》された。

発布された11月3日を「文化の日」、施行された5月3日を「憲法記念日」と、国民の

祝日にし、学校や官庁、会社などが休みの日となった。

憲法が施行される約1か月前の3月、和彦は中等学校を卒業した。これから、どんな生活が始まるのだろうか。

やっと、家族がいっしょに生活できる安心感と、田舎暮《いなかぐ》らしの不安とが入り混じったまま、家族が待つ、愛知県の家へ向かった。


「教育基本法」は和彦が卒業してすぐの4月に公布《こうふ》された。

それに沿った新しい学校制度、6・3・3制ができた。

「新しい憲法のもとで、平和で文化的な国を造る」と、うたい、「一人ひとりの思いや願いを大切にし、平和を求める人間を育てること。ゆたかな個性が発揮《はっき》できる文化をつくる教育を広めなければならない」

といった内容が書かれていた。

今まで考えられなかったような、平和な国をつくりあげ、子どもたちを平和な中で温かく育てようとする意欲に満ちているものだった。

爆撃機が飛んでくる心配がなくなってから、夜はぐっすり眠れるようになった。これからもずーっとそうなる。

みつ子たちは、勤労動員にかり出される心配もないし、恐ろしい軍事教練なんかしなくてもいい。

和彦はあのときの光景を思い出し、尻がズキンと痛んだ。

父さんも明るい表情で言った。

「戦争で、何もかも、無茶苦茶《むちゃくちゃ》にされた。だけど、もう、これからは好きなものを自由に作れる。武器は作らなくてすむ。ラケットのことを考えなくてはな」

和彦にも笑みがうかぶ。

「父さん、早くできるといいね」

「早くしたいが、金が必要だからな。もう少し、時間がかかる」

そう言うと、父さんは腕組みをした。

春から、みつ子が小学校入学だ。新学校制度の1期生になる。ズックのランドセルと木製の筆箱。鉛筆は和彦がけずってあげた。

品物はみな粗末だが、みつ子にとっては大事な宝物だ。何度もランドセルの中を開けたり、閉じたりしたかと思うと、背おった姿をみんなに見せては、はしゃいでいた。


父さんは生活費をかせぐため、器用さを発揮することになる。

看板書きを頼まれたり、木工品の注文を受け、作ったりした。

夏には演芸用として浜辺に建てられた舞台に大きな松の絵を描いた。海祭りのときや、海水浴客のために演芸をするのだ。

父さんは子どものころから、絵が上手だと、定評《ていひょう》があったらしい。町の役員から頼まれたそうだ。

土産物店で売るフグちょうちんや干しタコも地元の海でとれる物で制作した。物がまだ出回っていなかったから、父さんはけっこう重宝がられたのだ。

ほそく切った竹を大きなタコの頭（実は腹）の中や足に通し、両手を広げ、踊っているような格好にした干しタコ。おなかをカンナクズでふくらませたフグちょうちんたちが軒につるされ、風でゆらゆらゆれた。

「あーっ、おもしろーい」

みつ子が指をさすのも無理はない。東京からきた者たちは初めて見る、その光景におどろかされた。

父さんがこんな技術も持っているとは知らなかった。
きっと銃床と違って、楽しんで作ったにちがいない。
これが平和っていうものなんだ。平和って、なんと「愉快」でおだやかなんだろう。
戦争の中で育った和彦は柔《やわ》らかな眼差《まなざ》しで、ゆらゆらゆれるユーモラスな物体をながめていた。

父さんが大きな四角いブリキ缶を和彦に見せた。

「これを自転車に積んで、街中で売り歩け」

ブリキ缶の中をのぞくと、子いわしがたくさん入っていた。

自転車をこぎながら大きな声で売り声を出し、売るのだ。

「そんなことできないよ」

抵抗したが、

「やらなければ、食べていけないんだぞ」

父さんにおどかされ、しかたなく、自転車にまたがった。

街中を走っていたが、恥ずかしくて、なかなか声が出せない。今日中に売り切らないと、魚をダメにしてしまうから、あせりがでる。言おうとすると、

「いわ、いわ……」

口の中で、もごもごとなって、大きな声が出ない。

隣町なら知らない人ばかりだから、声が出るかもしれないと、隣町へ自転車を走らせた。途中、左右に畑が広がっている道に出た。まわりを見わたすと、誰もいない。ここなら恥ずかしくないと、腹に力を入れ、言ってみた。

「いわしこーっ、いわしこーっ」

大きな声が広い畑の中でひびきわたった。

思わずおかしさが込み上げてきてクスンと笑った。

それからは、自信がつき、地元でも、毎日、

「いわしこーっ、いわしこーっ」

と、走り回れるようになった。

やればやるだけ売れるので、面白《おもしろ》みが出てくるというものだ。

父さんに言われなくても、どんどん、範囲《はんい》を広げて行った。

母さんは口が達者だから、父さんの仕事の注文を受けたり、集金などをうまくこなすことができた。

こうやって、なんとか、田舎の生活をみんなで支え合った。


しばらくして、親工場は焼け跡にラケット工場を建てた。戦後3年が過ぎていた。

親工場の社長から〈東京にきて、仕事をしてほしい〉との手紙をもらった。

父さんは自分で工場を建てるだけの資金がまだ足りず、あきらめかけていたところだったので、喜んで引き受けた。

とりあえず父さんだけ上京し、親工場でラケットづくりを再開した。和彦もやってみたいと思ったが、そんな状況ではないのであきらめるしかない。

関田さんにも声がかかり、2人はまた、肩を並べて、働くことができたのだ。

関田さんからの手紙に〈親方は水を得た魚のようです〉とあり、和彦たちを安心させた。

それから1年が過ぎたころ、社長から、

「外交員がほしいので、和ちゃん、やってくれないか」

と、手紙がきた。

和彦は20歳を過ぎ、いっぱしの大人になっていた。

どうしようかと迷っていると、

「こんな機会を逃す手はないわ。〈行く〉と返事を出しなさい」

母さんはみんなで東京へ行こうと、迷うスキもなく決断。さっさと、決めてしまった。

母さんは江戸っ子だから、早く東京に戻りたかったのだろう。

先に東京に出た和彦が仕事に慣れたころ、父さんと2人で働いたお金を基に土地を探し、平屋の小さな家を新築。残った家族を呼びよせた。

戦後から、8年が過ぎていた。

借金はできたが、やっと、これで家族全員そろう。

和彦は青畳《あおだだみ》の香りを大きく吸い込み、これから始まる新しい生活に胸が引きしまる思いをした。


戦後の復興は目覚ましく、人々はスポーツや娯楽を楽しんだ。

テニスは大人たちだけではなく、学校の部活にも採用され、一般的な、庶民的なスポーツになっていった。

当然、ラケットはおもしろいように売れる。

ラケット業界は他にもいくつかできたが、和彦たちの会社は業界のトップメーカーとして営業をつづけた。

戦後、建てなおしてから、10年が過ぎていた。

だが、このころ、父さんの体調が思わしくなくなり、60歳を前にして退社した。

「残念だなあ。森池さんがいなくなるのは会社として、痛手だが仕方ない。良くなったら、また、来てくださいよ。必ずね」

社長は父さんの退社を惜しんでくれた。

父さんは胃癌《いがん》に侵されていたのだ。

手術をしたが、自分の命があまり残されていない事を悟ったらしい。

「おれの人生、戦争中は大変だったけど、それを除けば幸せだったよ。やりたいようにやらせてもらったからな。母さんや和彦たちには迷惑をかけた。感謝するよ」

明るい表情で言った。

それから、間もなく他界してしまった。

ラケットを愛してやまない1人の職人人生は終わった。

和彦はそれを機会に会社をやめ、スポーツ用品店を開店した。

すでに30歳を過ぎていた。その後、結婚し、子どもも授かった。

おふくろは81歳で、この世を去った。元気な間は店を手伝った。売り上げが下がって借金をしたときや、みつ子の結婚、家族の健康など、いつも家族のことを心配していた。

「おふくろって、自分が楽しんだこと、あったかなあ」

みつ子と話したことがあった。せいぜい、縫い物をしながら、娘時代に覚えた歌をきれいな声でうたい、時にはハーモニカを吹くくらいだっただろう。

ハーモニカの得意の曲は「カルメン序曲《じょきょく》」や「越後獅子《えちごじし》」だ。娘時代に流行したという。70歳くらいの時も、「最近、息が苦しくなってきた」と、入れ歯をカチャカチャいわせ、吹いていた。それでも、軽快なリズムは衰えていなかった。

もう一つ。百人一首も得意で、正月には家族と楽しんだ。

なんでも、娘時代に相当腕を鳴らしたらしい。かなりの年になっても、札をとるとき、電光石火《でんこうせっか》というか、目にもとまらぬ速さで、札を飛ばした。家族でおふくろに勝てる人はいなかった。

高ちゃん一家は和彦たちより少し遅れて東京に戻ってきた。

そして、建具職人の技を磨き、結婚をし、店を構えた。

11　再会

《2015年（平成27年）85歳》

戦後70年になった。

和彦には孫もいて、スポーツ用品店は息子の洋平に任せ、おだやかな生活を送っていた。

8月になると、マスコミは一斉に戦争をテーマに報道した。

和彦は戦争中や戦後のきびしかった生活を思いだしていた。

あるチャンネルの昼の番組でも、東京大空襲を体験した人や出征《しゅっせい》した人の体験談を放映した。

和彦は洋平や孫の大学3年になる幸太に声をかけた。

「戦争の番組を見るといいよ。戦争の実感が湧くだろうから」

洋平と幸太はテレビの前のソファに腰かけた。

「あたしも見なくちゃね。ちょっと、つめてちょうだい」

妻の美根子も隣に割り込んできた。

空襲体験者の話は和彦にとって、自分と重ね合わせてしまう辛《つら》いものだったが、吸い込まれるように画面を見続けた。

空襲で家族を失い、戦災孤児《せんさいこじ》になった。上野駅で保護され、孤児院へ。孤児院《こじいん》を出て独り立ちしたが、孤児院にいた子への差別から逃れるのに必死だった。たまたま、理解のある人に助けられたという。

「もう、決して、戦争をしてはいけません」

その女性は最後、静かな口調できっぱりと言った。

「ほんとにそうだ」

和彦と美根子がうなずいた。

コマーシャルに入ったとき、幸太が和彦に聞いた。

「おじいちゃんも戦火の中を逃げたの？」

「ああ、そうだよ。おやじとリヤカーを押して必死で逃げてね。熱くて、焼け死ぬかと思ったよ。今思えば、よく助かったもんだ」

洋平と幸太は真剣な眼差しで聞いていた。

「あたしは疎開してたから助かったけど、食べるものがなくて」

美根子が言った。

「みんな、いつも腹を空かせてたさ」

コマーシャルが終わると、戦地へ行った元兵士の体験が始まった。

中国に出征したその人は上官の命令で中国人の首を切り落としたという。そのときは中国人を虫けらのように思っていたから、なんとも思わなかったそうだ。

戦争が終わり、日本に帰ってきてから、そのことが忘れられなくなり、夢にまで見るようになった。

70年経った今でも、切った時の感触が手にこびりついている。家族にも言えなかった。

中国の人たちに申し訳ないことをしてしまった。

白い髪の毛がわずかに残る頭を垂れ、しわだらけの手で、涙をぬぐった。

「みんなつらい思いをしたのね。もう戦争なんか、まっぴら」

美根子はティッシュで涙をふき、強い調子で言った。

「やっぱり忘れられないんだ」

和彦は10年前、美根子と行ったニュージーランド旅行も思いだした。

「10年くらい前に、ニュージーランドへ行ったとき、すごいものが見つかったんだよ」

幸太が身をのりだした。

「えっ、なにそれ。聞きたいけど、これから出かけなきゃなんないから、後で聞かせて」

「わかった。お前がヒマなときにな」

幸太は席を立った。番組が終わり、他の2人も腰を上げた。

1人残った和彦は旅行のできごとを思い出していた。


オークランドの町でスカイタワーや水族館を見物したあと、オークランド博物館へ行った。

この博物館はドメイン公園の中にあり、白亜《はくあ》の殿堂《でんどう》と言われるように大きく堂々としていた。広い敷地は先住民のマオリ族が贈ったもの。マオリ族はイギリスの侵略と戦ったが敗北し、植民地にされたという。

館内はマオリ族の歴史に関する展示物《てんじぶつ》がいろいろな種類に分類され、展示されていた。

最上階は「心の傷跡《きずあと》」と題された第一次、第二次世界大戦の記録だ。和彦はこの展示に興味をひかれ、最上階にすぐ上がった。

ゼロ式戦闘機がデンと置かれていたのがまず、目に入った。

第一次世界大戦コーナーの先に第二次世界大戦、太平洋戦争時代の日本軍コーナーがあった。

日本軍から押収《おうしゅう》したらしい物が展示してある。飯《はん》ごう、鉄かぶと、手りゅう弾、短刀、軍刀などがショウウインドウの中におさめられていた。さびていたり、朽《く》ちているものが多かった。いやでも、戦時中を思い出してしまう。

戦死した群おじさんや柏木さん、職工たちの最期《さいご》はどうだったんだろう。

みんなの姿が次々と眼に浮かび、だんだん胸苦しさを感じ始めていた。

いろいろな型の銃が展示してあった。みんなきれいに磨《みが》かれ、壁に掛けられたり、ガラスケースにおさめられている。

ガラスケースをのぞいていた和彦は1丁の銃をじっと見た。

「これは、まさか……」

なお、見続けた和彦に衝撃《しょうげき》が走った。

引き金のところに円筒型《えんとうけい》のグリップがついている銃だ。その円筒型のグリップには横縞《よこしま》の細い溝が規則正しく刻まれてある。この横縞《よこしま》に確信をもった。決して忘れられないこの縞模様。

「こ、これ、おやじとおれたちで作ったグリップだっ」

「エッ、これが?」

美根子もガラスケースをのぞいた。

「どうして、うちのだとわかったの? 同じような物がたくさん、作られていたのに」

「溝の彫り方は自由だったんだ。この溝はおやじが苦労して専用の工具《こうぐ》を作って、製作したものなんだよ。だから、特徴がある」

和彦の話し方が急に早口になった。

「やっぱり間違いない。おやじたちが必死でつくった代物《しろもの》だ」

工場の風景がまるで昨日のように頭の中で広がった。

おやじや関田さんが電動ノコを好きなようにあやつっている姿、おふくろが削られたものに紙やすりをかけている。かたわらには妹のみつ子がすわり、母親のまねをして紙ヤスリを手に、銃床をなすっている。

「おやじよ、こんなところで出会うとはなあ」

和彦の目から涙があふれ出した。

おやじがラケットを切り刻んだとき、特高に連れていかれたとき。帰ってきたときのおやじの姿。おふくろの悲しんだようす。次々とよみがえってきた。

「これはおれたちの血と涙の結晶なんだ」

ガラスケースの前にひざまずき、涙をぬぐい、グリップをながめ続けた。


初めての海外旅行で衝撃的《しょうげきてき》なものに出会ったのは奇跡としか言いようがない。和彦の脳裏の奥深いポケットにしまいこんでいたものを強引に取り出すものでもあった。

〈職人は名前を残さず、技が残ればいい〉

〈十分という言葉はおれの中にはない〉

〈おれは人に喜ばれるものを作りたい〉

今でも和彦の耳におやじの声がひびく。

ラケットづくりにこだわり続けた男の声だ。

今のラケットはもう、木材を使っていない。丈夫な合成材《ごうせいざい》のカーボンを材料にし、ねじって作っているんだそうだ。

もし、おやじが現在のラケットを見たら、なんと言うだろう。

「すばらしい。おれの出番は終わりだな」って、さみしい顔をするにちがいない。

木材のラケットは全て手作り。作る人の技が要求される。

今はほとんど機械が作ってくれる。人の手はいらなくなった。

しかし、よく考えれば、おやじたちの苦労が土台になっているから、今があるんだ。あの職人技は今でも生きていると思う。

おやじが作ったラケットは1つも残らなかったが、グリップは残った。

森池茂樹という名のラケット職人の「技」は世界中の人に見てもらっている。職人の名も知らされず。が、それはおやじが本当に望んでいたことか。違う。

〈おれは人を殺す武器は作りたくない〉

おやじがしぶったものが、展示されている。

あの銃はどれだけアジアや他の国の人々を殺したのだろうか。おやじたちが作った銃床やグリップには殺された人たちの血がしみ込んでいる。あの銃を使った兵士の血もだ。殺された人や兵士の家族にどれだけの悲しみや苦しみを与えたのだろうか。

テレビに出ていた元兵士のようにだ。

あのときは仕方がなかった、で済ましてよいのだろうか。

博物館の展示物を見るまでは、そんなこと考えもしなかった。

店を息子の洋平に継がせ、時々手伝う程度の身分。平和になった世の中に甘んじていたからかもしれない。

旅行以来、戦争について深く考えるようになっていた。

戦前なんて、国民は戦争をイヤだと思っても、抵抗すれば命が危ない。おやじは抵抗したわけでもないのに、佐々木さんはたった一言を近所の人に密告され、2人ともひどい目にあわされた。

おれたちはがんじがらめにしばられていたからなあ。国はそうやって、好き勝手に侵略戦争を広げていったんだ。

和彦はこんなふうにも考えた。

それじゃあ、おれたちが言えば変えられるのか。

どうせ、国民が言ったって、地位もないし、金もない。選挙をやったって、いつも勝つのは大企業からわんさと金をもらっている大政党だ。世の中ってそんなもんなんだ。どうしようもない。

2015年の7月に内閣は集団的自衛権《しゅうだんてきじえいけん》を認めた安保関連法案《あんぽかんれんほうあん》を閣議決定《かくぎけってい》した。

〈集団的自衛権〉は〈日本の国が攻撃されていなくても、同盟国《どうめいこく》の軍隊が攻撃されれば、自衛隊もいっしょに戦う〉んだそうだ。

あれっ？　それでは憲法と違うではないか。

和彦は首をかしげた。

このところ、国会前では連日のようにたくさんの人たちが集まり、〈安保法案反対〉〈戦争反対〉〈憲法守れ〉、と叫び続けている。

だが、その数はおとろえるようすもなく、多くの若い男女がマイクを持って、叫んでいるではないか。学生が多いのだという。

「戦争に、行くのは、おれたちだ！」

「安保法案、絶対、反対！」

周りを取り囲んでいる大勢の若ものたちが唱和《しょうわ》していた。

ドラムや鳴り物いりで、リズムに合わせ、体をゆすっている。

赤ちゃんを抱っこした若い母親たちもいた。5、6歳くらいの子どもをつれた1人の母親がマイクを持った。

「だれの子どももころさせない！」

老若男女が唱和した。その迫力と必死さが伝わってくる。

憲法学者たちもいる。

テレビに映しだされた光景は今まで見たことがなかった。

和彦はテレビから離れられなかった。

今は憲法があるから、こんな行動もできるんだ。

憲法を変えようとする人たちは〈GHQに押し付けられた〉って言うけど、日本の学者も一緒に討論したと、聞いているぞ。

国会でも討議し、修正したり、書き加えられ、承認された。

なによりも、国民みんな感動をもって受け入れたではないか。

その証拠に、町や商店街などの地名に〈平和〉と名付けた所が全国にたくさんある。そういえば、戦後の人の名前には〈憲〉の字が多い。きっと、平和憲法にちなんでつけたのではないかと、気づいた。

和彦は〈憲〉の字を辞書で引いてみた。

〈おきて。手本〉とあった。

日本国憲法は平和になるためのおきてであり、手本なんだ。

この1字の意味が分かっただけで、頭がスッキリしてきた。

〈戦争をしない〉と言っているのが悪いなら、〈戦争をする〉に変えたいのか。

ふざけるな。そんなのは戦争をして得をする奴らのセリフだ。

焼け跡の缶詰と米の山を思い出した。

あんなものはほんの一部だったんだろう。国民が見えないところで、どんなアクドイもうけをしたか、察しがつくってもんだ。

〈世の中は星と碇《イカリ》に闇に顔、馬鹿者のみが行列に立つ〉

確か、そんな短歌だったな。

いまだに、あのきなくさい米の味は忘れてやしない。

〈平和ボケ〉って、悪口言うやつがいるが、ボケはいやだけど、〈平和ボケ〉なら、おおいにけっこう。

今の憲法ができて70年以上ともなれば、空気のような存在で、憲法のことなぞ、忘れていた。日本が戦争をせず、どこに住もうが、どんな職に就こうが、何を言おうが、まったく自由だ。人に迷惑をかけなければ。それが当たり前になっている。平和な証拠。いいじゃないか。

だけど、ちょっと、待った。

平和ボケのまま、だまっていれば、国家はなんでも好きなようにするんじゃないか。

〈今、こんなに平和なんだから、戦争なんて、起きない〉なんて、安心して、黙っていれば、おれたちが経験したつらい世の中にされるかもしれない。そうなったら大変だ。簡単にはまた、戻せないからだ。どんどん押し流されていく。

おれはそれを見てきた。油断は禁物だ。今、止めなきゃいかん。

和彦は突然、ソファから立ち上がった。

「おれも国会前に行く」

「おやじが？　トシを考えてよ」

洋平にすぐ止められた。

「トシ？　そうだった」

和彦はガックンと、ソファに沈んだ。

「お父さん、年がいもなく熱くなっちゃって」

美根子に横目で見られ、笑われた。


数日後、和彦は幸太に戦争体験やニュージーランド旅行の話をする機会ができた。

幸太は真剣な眼差しで聞いていた。

「戦争はやっぱり、絶対やってはいけないよね。もし、戦争が起きたら、おれ、徴兵《ちょうへい》されちゃうかもな」

「真っ先に声がかかるだろうな。それが心配だ」

洋平が言った。

和彦は幸太の目をしっかりと見、一《ひと》呼吸した。

「夢多き若者が戦争で人生を終わらされる。親にしても子どもが戦争へ行って、人を殺すのを喜ぶ親はどこにもいやしない」

和彦は続けて言った。

「ましてや、殺されて、骨になって帰って来たときの悲しみは計り知れないさ。おれが知っている人たちはみんな、骨すら帰ってこなかった。たった1枚の小さな紙切れだったんだ」

和彦の目が涙でうるんだ。

「あんないい人たちを戦争は人殺しに変えたうえに、殺してしまった。これからという年なのに。絶対に戦争はさせてはいかん」

「おじいちゃん、わかったよ。ありがとう」

幸太は和彦に笑顔を向けた。


9月19日、国会では安保関連法案について審議していた。

和彦が夜7時のニュースを見ていると、国会前のようすを報じていた。今日中に強行採決するのではないかとの予想が出ている。大勢の人たちが国会前に集まり、この法律に反対する集会を開いている。

「戦争法案絶対反対！」

「強行採決するな！」

緊迫《きんぱく》した雰囲気《ふんいき》がテレビからでも、感じられた。

若い人たちが、ハンドマイクとドラムに先導《せんどう》され、声を上げている。みんな真剣な表情だったが、ペンライトを持ち、軽快に、激しくリズムをきざんでいた。

その点のような光の集団がリズムをきざむたびに、岩に打ち砕かれる波のように見えた。

審議中、夜遅くなって、与党議員が突然、委員長席をとり囲み、おどろいた野党議員たちも委員長席にかけよった。

騒然となった議場で何が何やらわからないうちに、採決《さいけつ》をされた。

こんな強行採決をするとは、民主国家と言えるのか。

国会前から聞こえてくる声をどう聞いたんだろう。

〈戦後〉という戦争が過去のものから、これから始まるかもしれない〈戦前〉になるんだろうか。

和彦は不安を覚えた。


その後の反対運動はあきらめるどころか、ますます、広がっていくようだった。

地方のあちこちでも、反対運動が起き、大学生、高校生たちまでも立ち上がった。

「選挙に行って、憲法守ろう!」

「投票すれば、世の中かわる!」

和彦は若い人たちが頼もしく思えてきた。

選挙法が改正され、来年（２０１６年）４月より18歳から投票ができるようになる。

この若い人たちが、状況を変えてくれるかもしれない。かすかな光が感じられた。

ある日曜日の午後、和彦が１人で店番をしていると、遠くからドン、ドン、ドンとドラムの音が聞こえてきた。

その音はだんだん近づいてきて、大勢の人たちが何かを言っているのがわかった。

何を言ってるんだろう。耳をすますと、

「憲法守れ！」

「安保法案絶対反対！」

と言っているのが分かった。

「こんな町でもデモをやるのか」

和彦は急いで店先に出た。

ドン、ドン、ドン、ドン、と元気の良いドラムの音が、さらに近くに聞こえたとき、角から急にデモ隊が現れ、こちらに向かってきた。色とりどりの、のぼり旗やプラカードを掲げたデモ隊の列は長く続いている。若い男女の姿が多そうだ。

うさぎの着ぐるみも旗を持って歩いている。

旗には「九条こわすな」、プラカードには「戦争絶対反対」とそれぞれ太く書かれている。

デモ隊は和彦に近づいてきた。

「戦争に行くのはおれたちだ！」

マイクで若い男性が先導し、デモ隊は一斉《いっせい》に、声を張り上げた。

「センソウニ、イクノハオレタチダ！」

「憲法改悪、絶対ハンタイ！」

「ケンポウカイアク、ゼッタイハンタイ！」

デモ隊が店の前に来たとき、デモ隊の中にいる若い男が和彦に向かって、手を大きく振った。口をいっぱいに開けて笑っている。見ると、なんと、孫の幸太だった。

「幸太じゃないかっ」

和彦はおどろいて口を開けたまま閉じるのも忘れた。

幸太は今朝、行く先も言わず、出かけたのだ。

幸田たちが和彦の前を通り過ぎたとき、和彦はハッと我に返り、デモ隊に向かって叫んだ。

「幸太ーっ。たのむよーっ！」

デモ隊の中から、1本のプラカードが高く上がり、左右にゆれた。そこには「NO WAR」と書かれていた。

「憲法、こわすな！」

「ケンポウコワスナ！」

「戦争、させない！」

「センソウ、サセナイ！」

デモ隊はだんだん遠ざかり、やがて、見えなくなった。

ドラムの音だけがいつまでもひびいていた。


（終わり）

あとがき

戦争前、この物語の舞台になった東京都荒川区尾久町は小さな町工場がたくさん並び、職人たちの町として栄えていました。

それが、国家総動員法（１９３８年・昭13年施行）により、軍から命令された軍需品を作るように変わりました。本書に登場するテニスのラケット職人の家族は、私の両親と兄です。ただし、ストーリーは私の創作です。

実際、父はだまって素直に銃床やグリップの製造に携わりました。父はモノづくりにはこだわる人でしたので、何を作っても、すばらしいものに仕上げていました。母の話によると、ラケットは有名選手が父を指名するほどでした。銃床やグリップの製造にもこだわりを発揮し、他の工場の製品とは比べ物にならないほどのきれいな仕上がりだったそうです。

空襲で住まいも工場も失くしましたが、もともと、無口な人でしたし、滅多なことを口に出すこともままならなかった時代です。何も語らぬまま、戦後、５年目に病のため、あの世へ旅立ってしまいました（享年50歳）。

戦後数十年も経ってから、ニュージーランドを訪れた兄がオークランド博物館で、父たちの制作したグリップを発見。思いも掛けない父との再会でした。

私はグリップの発見以来、父はこれで満足していたのだろうかと、疑問を抱くようになりました。

父はラケットを作っている時、テニスを楽しんでいる人の姿を思い描いていたのではないだろうか。

人に喜んでもらえるものを作っていたのに、人を殺す道具を作るようになったことへの辛さはなかったんだろうか。

あきらめがあったり、お金がそれなりに入り、生活がうるおったとしても、ラケットを作りたかったのではないだろうか。

若くして逝った父の心の奥底に秘めた望みや悩みをさぐり、書かなければいけない。父の職人魂を書くのは私しかいない。――この思いが私を突き動かしました。

工場や日常生活、子どもの遊びなどの様子について、当時のことを知っている兄（文中の和彦）に聞きました。

私たち家族が住んでいた尾久の町へも兄に連れて行ってもらいました。工場や駄菓子屋さんは影も形もなく、静かな住宅街になっていました。

もんじゃ焼きは専門店でしか食べられなくなり、メニューは肉や生えびや牡蠣など豪華なものへ変わっていました。

この物語を書くにあたり、歴史を学び、日本が明治の初期からアジアへの侵略戦争を続けていたことを知りました。

太平洋戦争で敗北した日本は「世界のどことも戦争をしない。主権は国民にあり、基本的人権は尊重される」という憲法を制定し、国民と世界に宣言しました。

それから70年余り、日本は世界のどこの国とも戦争をせず、兵器で一人も殺すことはありませんでした。

世界の人々からは「日本は戦争をしない国」として、信頼され、歓迎されてきました。しかしながら、最近、国内法で戦争への準備とも思える法律が次々と強行採決され、憲法9条の改定案が秋の国会に提出されようとしています。私はとても不安に感じています。

これからの子どもたちが穏やかな環境の中で育ち、平和な時代を担っていかれるようにするのが大人の責務だと思っています。

この物語は戦争を二度と起こしてはならないという私の切なる思いを表現しました。


まだまだ十分ではありませんが、ここで区切りをつけ、出版しようと決心しました。

励ましてくださった同人のみなさん、ご指導をいただいた諸先生方、出版に際してご面倒をお掛けした梨の木舎の羽田ゆみ子さんとスタッフのみなさん。カバー画と挿画を引き受けてくださった画家の五十嵐志朗さんは、物語を引き立ててくださいました。

母君が佐々木さんのモデルになることを快く承諾くださったSさん、私の兄、一彦。みなさまのお蔭で、ここに出版することができました。

この紙面をお借りし、深く感謝いたします。

2018年8月15日

青海　美砂

主な参考資料

「日本の歴史」家永三郎編・ほるぷ出版社

「日本近代日本史」犬丸儀一、中村新太郎著・新日本出版社

「尾久の民俗」荒川区教育委員会編纂

新訂「尋常小学校唱歌」文部省

「神国日本のトンデモ決戦生活」早川タダノリ著・合同出版社

見学

荒川ふるさと文化館、昭和館

東京大空襲・戦災資料センター

オークランド博物館（ニュージーランド）

この本を手にとってくださったあなたへ

きど　のりこ

飛び交う白球のさわやかな音、ラケットを握る選手たちの軽やかで柔軟な動き……、スポーツは苦手な私ですが、テニスの試合を見るのは大好きです。それは「観戦」ではありますが、「戦争」の対極にある平和そのものの風景です。

でも、戦争の時代、テニスのラケット作りを銃床とグリップの制作に、軍の命令によって切り替えさせられた、熟練の職人たちがいました。まるで、聖書にいう「鋤を剣に打ち直す」(ヨエル書)です。戦争が起こると、すぐれた技術や最新の研究成果は利用されていきますが、ラケット作りの技術も、人を殺すための道具作りに使われたのでした。

荒川区尾久町……さまざまな「もの作り」の工場や商店、職人たちの住まいが立ち並ぶ一九三六(昭和十一)年の町で、「もんじゃ焼き」をめぐる子どもたちの風景から、物語は始まります。一年生になった和彦の家はラケットの製造工場。父親のもと、腕利きの職人たちが働き、母親も手伝っています。

活気と暖かい人情にあふれた町の暮らし…。でも和彦の歌う「てっぽうかついだへいたいさん」の歌は、戦争の足音が高まってきた時代であることを思い起こさせます。すでに日本は、満州事変（一九三一）によって中国大陸侵略の第一歩を踏み出していました。そしてこの物語が始まる翌年には日中戦争が開始されます。

戦線は拡大し、戦争指導者たちは国民に物心両面の協力を強制しました。それが国家総動員法（一九三八）です。すべての人びとの日常生活は、軍部が主導する国家総力戦態勢に組みこまれていくことになったのでした。そして「少国民」としての和彦の日々も……。ラケット作りの工程を見せてもらい、「やりがい」と「おもしろみ」を感じた和彦でしたが、国家総動員法のもとでラケットは、戦う兵隊に必要のない「ゼイタク品」となってしまったのです。

和彦が四年生になると「興亜奉公日」が定められ、配給制がしかれて、生活物資が手に入りにくくなってきます。一匹のアジを家族みんなで食べる場面は胸に迫ります。

言論に対する統制もしだいに進み、子どもたちの心にも「非国民」といった言葉が浸透してきます。好きだった希美子が新潟の実家に引っ越してしまった時のさびしい思いを、「非国民」だと自分から封じてしまう和彦。

そして一九四〇年、工場には「ラケットの製造を中止し、銃床とグリップの製造に切りかえる」ことを命じる軍からの通達がくるのでした。軍の命令に逆らうと「恐ろしいことになる」のを知っていた父親は、人殺しの道具を作ることを拒みながらも、結局、残っていたラケットを切り刻み、銃床作りに加担していくことになります。「自分の中に二人の人間がいる」という父親の煩悶。

時代は太平洋戦争に突入していき、職工たちや親しい人びとも徴兵され出征し、群おじさんや柏木さんも戦死します。

群おじさんの葬儀の時、遺族のタツおばさんに「泣いたっていいのよ」と言っただけで特高に連行され拷問をうけた佐々木さんのことも語られます。相互を監視しあう密告社会……戦争は、優しい心も奪っていく、と和彦は考えるのでした。

そして東京大空襲。工場の焼け跡に立って「自分は卑怯者だった」という父親に、和彦は「父さんはまじめなんだ。ラケットへのこだわりが強いからだ。そんな父さんが好きだ」と言います。戦争が終わり、父親の故郷の海辺でしばらく過ごした後、中学生になった和彦は新しい憲法のもとで、戦後の長い歩みを踏み出すのでした。

それから七十年の歳月は流れ、老年となった和彦がニュージーランドの旅行中に、父の作った銃床と出会う場面も印象的です。

そして物語は、安保法案に反対するデモの中に孫の幸太を見出すところで終わります。私たちの現在にまで、和彦の物語は続いているのです！

戦争は、すべてを壊すものです。暖かい人情に包まれた庶民の町の普通の暮らしを、泥足で踏みにじっていく理不尽さが、この作品に描かれています。ラケットが銃に作りかえられ、優しい思いやりの心が密告されるような時代が再びやってきませんように。祈りをこめて、渾身で綴られたこの物語を、私たちが直面する現代の物語として、若い人びとに伝えていきたいと思います。

（2018年10月）

プロフィール

1941年、神奈川県に生まれる。早稲田大学文学部史学科西洋史学卒業。児童文学の創作・評論に専念。とくにファンタジーに関心をもつ。
著書：『なぎさの国のまりんちゃん』（ポプラ社）
『ハンネリおじさん』（日本基督教団出版局）
『パジャマガール』（くもん出版）
『子どもの本から戦争とアジアが見える』（共著　梨の木舎）
『世界の子どもの本から「核と戦争」がみえる（共著　梨の木舎）
『ともに明日を見る窓　児童文学の中の子どもと大人』（本の泉社）ほか

青海美砂　あおみ　みさ
東京都出身。
荒川区で生まれ、戦災で家が焼かれたため、愛知県へ移住。
幼少期の10年間過ごし、上京。現在にいたる。
日本児童文学者協会会員。ひまわり時計同人、季節風同人会員
「足で泣く」第15回日本児童文学者協会・長編児童文学新人賞
佳作受賞（本書は「足で泣く」を改稿したものです）

五十嵐志朗　いがらし　しろう
画歴　二科展入選　2003年～06年
上野の森美術館大賞展入賞　2006年
第一美術協会展入選　2013年　スポンサー賞
2014年　準会員佳作賞
2015年　青山熊治賞
2017年　東京都知事賞

教科書に書かれなかった戦争 Part 67
ラケットはつくれない、もうつくれない
——戦時下、下町職人の記憶

2018年11月15日　初版発行
著　者：　青海美砂
カバー画・挿画：五十嵐志朗
装　丁：　宮部浩司
発行者：　羽田ゆみ子
発行所：　梨の木舎
〒101-0061 東京都千代田区神田三崎町2-2-12 エコービル 1階
TEL　03(6256)9517
FAX　03(6256)9518
Eメール　info@nashinoki-sha.com
http://nashinoki-sha.com
DTP：具羅夢　　印刷：㈱厚徳社

34. いちじくの木がたおれぼくの村が消えた―クルドの少年の物語	ジャミル・シェイクリー著	1340円	
35. 日本近代史の地下水脈をさぐる ―信州・上田自由大学への系譜	小林利通著	3000円	
36. 日本と韓国の歴史教科書を読む視点	日本歴史教育研究会編	2700円	品切
37. ぼくたちは10歳から大人だった ―オランダ人少年抑留と日本文化	ハンス・ラウレンツ・ズヴィッツァー著	5000円	
38. 女と男　のびやかに歩きだすために	彦坂諦著	2500円	
39. 世界の動きの中でよむ　日本の歴史教科書問題	三宅明正著	1700円	
40. アメリカの教科書に書かれた日本の戦争	越田稜著	3500円	
41. 無能だって？それがどうした?! ―能力の名による差別の社会を生きるあなたに	彦坂諦著	1500円	
42. 中国撫順戦犯管理所職員の証言―写真家新井利男の遺した仕事	新井利男資料保存会編	3500円	
43. バターン　遠い道のりのさきに	レスター・I.テニー著	2700円	
44. 日本と韓国の歴史共通教材をつくる視点	歴史教育研究会編	3000円	品切
45. 憲法9条と専守防衛	箕輪登・内田雅敏著	1400円	
47. アメリカの化学戦争犯罪	北村元著	3500円	
48. 靖国へは行かない。戦争にも行かない	内田雅敏著	1700円	
49. わたしは誰の子	葉子・ハュス-綿貫著	1800円	
50. 朝鮮近代史を駆けぬけた女性たち32人	呉香淑著	2300円	
51. 有事法制下の靖国神社	西川重則著	2000円	
52. わたしは、とても美しい場所に住んでいます	基地にNO!アジア・女たちの会編	1000円	
53. 歴史教育と歴史学の協働をめざして ―ゆれる境界・国家・地域にどう向きあうか	坂井俊樹・浪川健治編著	3500円	
54. アボジが帰るその日まで	李熙子・竹見智恵子著	1500円	
55. それでもぼくは生きぬいた ―日本軍の捕虜になったイギリス兵の物語	シャーウィン裕子著	1600円	
56. 次世代に語りつぐ生体解剖の記憶 ― 元軍医湯浅さんの戦後	小林節子著	1700円	
57. クワイ河に虹をかけた男―元陸軍通訳永瀬隆の戦後	満田康弘著	1700円	
58. ここがロードス島だ、ここで跳べ、	内田雅敏著	2200円	
59. 少女たちへのプロパガンダ ―「少女倶楽部」とアジア太平洋戦	長谷川潮著	1500円	
60. 花に水をやってくれないかい？ ― 日本軍「慰安婦」にされたファン・クムジュの物語	イ・ギュヒ著/保田千世訳	1500円	
61. 犠牲の死を問う―日本・韓国・インドネシア	高橋哲哉・李泳采・村井吉敬/コーディネーター内海愛子	1600円	
62. ビデオ・メッセージでむすぶアジアと日本 ――わたしがやってきた戦争のつたえ方	神直子著	1700円	
63. 朝鮮東学農民戦争を知っていますか? ――立ちあがった人びとの物語	宋基淑著/中村修訳	2800円	
64. 韓国人元BC級戦犯の訴え――何のために、誰のために	李鶴来著　解説 内海愛子	1700円	
65. 2015年安保、総がかり行動 ―大勢の市民、学生もママたちも学者も街に出た	高田健著	1800円	
66. 歴史を学び、今を考える ――戦争そして戦後	内海愛子・加藤陽子 著	1500円	
68. 過去から学び、現在に橋をかける ――日朝をつなぐ35人、歴史家・作家・アーティスト	朴日粉 著	1800円	

●シリーズ・教科書に書かれなかった戦争――既刊本の紹介● 20.46.欠番 価格は本体表記(税抜)

1. 教科書に書かれなかった戦争	アジアの女たちの会編	1650円	
2. 増補版 アジアからみた「大東亜共栄圏」	内海愛子・田辺寿夫編著	2400円	
3. ぼくらはアジアで戦争をした	内海愛子編	1650円	
4. 生きて再び逢ふ日のありや—私の「昭和百人一首」	高崎隆治撰	1500円	在庫僅少
5. 増補版 天皇の神社「靖国」	西川重則著	2000円	在庫僅少
6. 先生、忘れないで!	陳野守正著	2000円	
7. 改訂版 アジアの教科書に書かれた日本の戦争—東アジア編	越田稜編著	2200円	
8. 増補版 アジアの教科書に書かれた日本の戦争—東南アジア編	越田稜編著	2500円	
9. 語られなかったアジアの戦後—日本の敗戦・アジアの独立・賠償	内海愛子・田辺寿夫編著	3107円	品切
10. 増補版 アジアの新聞が報じた自衛隊の『海外派兵』と永野発言・桜井発言	中村ふじゑ他翻訳・解説	2700円	
11. 川柳にみる戦時下の世相	高崎隆治選著	1825円	
12. 満州に送られた女たち大陸の花嫁	陳野守正著	2000円	品切
13. 増補版 朝鮮・韓国は日本の教科書にどう書かれているか	君島和彦・坂井俊樹編著	2700円	在庫僅少
14.「陣中日誌」に書かれた慰安所と毒ガス	高崎隆治著	2000円	
15. ヨーロッパの教科書に書かれた日本の戦争	越田稜編著	3000円	
16. 大学生が戦争を追った—山田耕筰さん, あなたたちに戦争責任はないのですか	森脇佐喜子著・解説高崎隆治・推薦内海愛子	1650円	
17. 100冊が語る「慰安所」・男のホンネ	高崎隆治編著		品切
18. 子どもの本から「戦争とアジア」がみえる—みんなに読んでほしい300冊	長谷川潮・きどのりこ編著	2500円	
19. 日本と中国 - 若者たちの歴史認識	日高六郎編	2400円	品切
21. 中国人に助けられたおばあちゃんの手からうけつぐもの	北崎可代著	1700円	
22. 新装増補版・文玉珠 - ビルマ戦線楯師団の「慰安婦」だつた私	語り・文玉珠 / 構成と解説森川万智子	2000円	
23. ジャワで抑留されたオランダ人女性の記録	ネル・ファン・デ・グラーフ著	2000円	
24. ジャワ・オランダ人少年抑留所	内海愛子他著	2000円	
25. 忘れられた人びと—日本軍に抑留された女たち・子どもたち	S・F・ヒュ - イ著・内海愛子解説	3000円	
26. 日本は植民地支配をどう考えてきたか	和田春樹・石坂浩一編	2200円	
27.「日本軍慰安婦」をどう教えるか	石出法太・金富子・林博史編	1500円	
28. 世界の子どもの本から「核と戦争」がみえる	長谷川潮・きどのりこ編著	2800円	
29. 歴史からかくされた朝鮮人満州開拓団と義勇軍	陳野守正著	2000円	
30. 改訂版 ヨーロッパがみた日本・アジア・アフリカ—フランス植民地主義というプリズムをとおして	海原峻著	3200円	
31. 戦争児童文学は真実をつたえてきたか	長谷川潮著	2200円	
32. オビンの伝言—タイヤルの森をゆるがせた台湾・霧社事件	中村ふじゑ著	2200円	
33. ヨーロッパ浸透の波紋	海原峻著	2500円	

愛を言い訳にする人たち
——DV加害男性700人の告白

山口のり子 著

A5判/192頁／定価1900円＋税

◉目次　1章　DVってなんだろう?／2章 DVは相手の人生を搾取する／3章 DV加害者と教育プログラム／4章 DV加害者は変わらなければならない／5章 社会がDV加害者を生み出す／6章 DVのない社会を目指して　DVとは何か?　なぜDVするのか?　加害男性の教育プログラム実践13年の経験から著者は言う、「DVに関係のない人はいないことに、気づいてほしい」

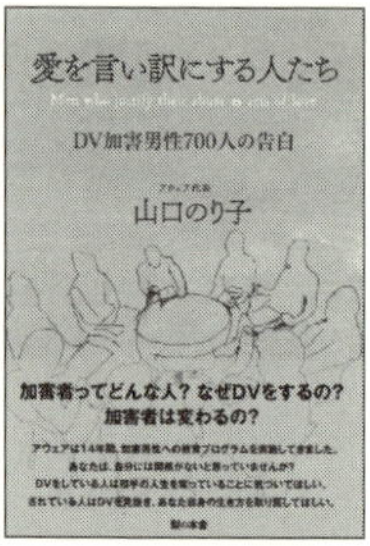

978-4-8166-1603-3

傷ついたあなたへ　　5刷
——わたしがわたしを大切にするということ

ＮＰＯ法人・レジリエンス 著

A5判/104頁／定価1500円＋税

◆ＤＶは、パートナーからの「力」と「支配」です。誰にも話せずひとりで苦しみ、無気力になっている人が、ＤＶやトラウマとむきあい、のりこえていくには困難が伴います。

◆本書は、「わたし」に起きたことに向きあい、「わたし」を大切にして生きていくためのサポートをするものです。

978-4-8166-0505-5

傷ついたあなたへ 2　　2刷
——わたしがわたしを幸せにするということ

ＮＰＯ法人・レジリエンス 著

A5判/85頁／定価1500円＋税

ロングセラー『傷ついたあなたへ』の２冊目です。Ｂさん（加害者）についてや、回復の途中で気をつけておきたいことをとりあげました。◆あなたはこんなことに困っていませんか？　悲しくて涙がとまらない。どうしても自分が悪いと思ってしまう。明るい未来を創造できない。この大きな傷つきをどう抱えていったらいいのだろう。

978-4-8166-1003-5

マイ・レジリエンス　　2刷
——トラウマとともに生きる

中島幸子 著

四六判／ 298頁／定価2000円＋税

DV をうけて深く傷ついた人が、心の傷に気づき、向き合い、傷を癒し、自分自身を取り戻していくには長い時間が必要です。４年半に及ぶ暴力を体験し、加害者から離れた後の 25 年間、PTSD（心的外傷後ストレス障害）に苦しみながらうつとどう向き合ってきたか。著者自身のマイ・レジリエンスです。

978-4-8166-1302-9

東アジアのフィールドを歩く
——女子大学生がみた日・中・韓のすがお

李泳采・恵泉女学園大学東アジアＦＳグループ 編著
A5判/126頁／定価1600円＋税

◉わたしたちのフィールドスタディ——日・中・韓をめぐる12日間／２ それぞれのフィールド——見て、聞いて、考えた／３ これから——東アジアはわたしたちの未来だ　恵泉女学園大学の12日間のフィールドワークの体験記録だ。国境を越え、歩き、たくさんの出会いがあった。実感し、感動した。さらに疑問が生まれ、考えて、書いて、この本が生まれました。

978-4-8166-1402-6

東アジアのフィールドを歩く２
——女子大学生がみた日・中・韓の辺境地

李泳采・恵泉女学園大学東アジアＦＳグループ 編著
A5判/112頁／定価1600円＋税

◉わたしたちのフィールドスタディ——日・中・韓の辺境地をめぐる11日間／２ それぞれのフィールド——歩いて、出会って、考えた／３ 明日へ——東アジアの辺境地はわたしたちの希望
　緊張や葛藤がますます高まっている東アジア——、女子大学生10人が、自ら日中韓の辺境地を訪問し、歴史や文化を訪ねた。彼女たちは何を見て、何を食べ、誰と話し、どんな風に感じたか。

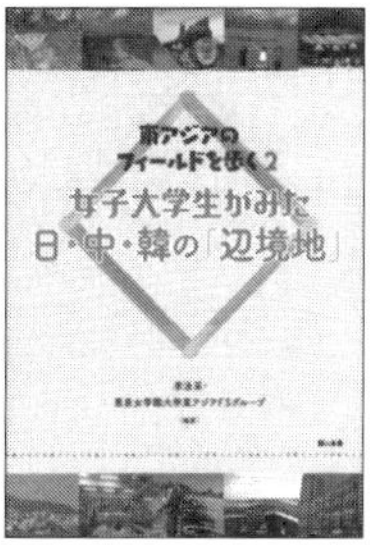

978-4-8166-1605-1

犠牲の死を問う
——日本・韓国・インドネシア

高橋哲哉・李泳采・村井吉敬　コーディネーター・内海愛子
A5判/160頁／定価1600円＋税

◉目次　１ 佐久で語りあう——「靖国と光州５・18墓地は、構造として似ているところがある」について●犠牲の死を称えるのか　高橋哲哉●死の意味を付与されなければ残された人々は生きていけない　イ・ヨンチェ●国家というのはフィクションです　村井吉敬　２ 東京で語りあう——追悼施設につきまとう政治性、棺桶を担いで歩く抵抗等々について。

978-4-8166-1308-1

アングリーヤングボーターズ
——韓国若者たちの戦略的選択

李泳采 著
A5判/144頁／定価1700円＋税

2016年4月13日、若者たちの投票は、87年民主化抗争以来30年ぶりに、韓国社会を揺さぶった。さて日本のアングリーヤングボーターズの選択は？

◉目次　１「民主化」後を生きる者として／２ 韓国の歴史的な4・13総選挙と若者たちの戦略的選択／３ 韓国の市民社会からみた日本の政治状況／４ 韓国の「反日」は、なぜ今も続いているのか？

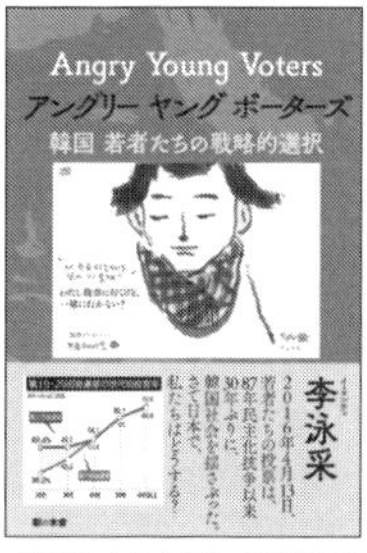

978-4-8166-1607-5